続 窓ぎわのトットちゃん

黒柳徹子

講談社

続　窓ぎわのトットちゃん

私はいまでも、シェパードが道を歩いていると、つい小さい声で「ロッキー！」と呼んでしまう。ロッキーは私が子どものときの犬だから、もう生きてるはずないのにと、思わず笑いそうになる。

ロッキーは、私のいちばんのともだちだった。ある日突然《とつぜん》、家からいなくなってしまった。最近わかったことだけど、戦争中、元気なシェパードは、軍用犬にするため日本の軍隊に連れていかれたらしい。もし、ロッキーが戦場に行ったとしたらと思うと、いまでも涙《なみだ》が出る。

私は『窓《まど》ぎわのトットちゃん』という本に、トモエ学園《がくえん》に通っていた小学生時代のことを書いた。だれかが小林宗作《こばやしそうさく》校長先生の教育のことを書いておかないといと思って、書いた本だった。それが思いがけないベストセラーになって、たくさんの方に読んでいただけた。たくさんの子どもたちにも読んでもらった。それは一九八一年のことだから、もう四十二年も前になるけど、いまでも私は「トットちゃん」と呼ばれている。とてもうれしいことだ。

アフリカのタンザニアで、村長さんがみんなを集めるとき、「××××トット」「トット××××」と言うのを聞いた。どこの小さな村でもそうだったので、私の名前が伝わっているはずもないしと思っていたら、スワヒリ語では、子どものことを「トット」というと知って驚《おどろ》いた。なんという偶然《ぐうぜん》！

私は小さいとき、「徹子《てつこ》」という自分の名前がよく言えなくて、「お名前は？」と聞かれると、「テツコ」ではなく「トット！」と言っていた。それで、みんなから「トットちゃん」と呼ばれはじめた。大きくなると「テツコちゃん」とか呼ばれるようになったけど、父だけは、ずいぶん大人になるまで、私を「トット助《すけ》」と呼んでいた。もし父が呼んでくれていなかったら、「トット」という名前を私も忘れてしまったかもしれない。父の「トット助」があったおかげで、「トットちゃん」と呼ばれていた子どものときのことを思い出せる。

『窓ぎわのトットちゃん』は、私が青森に疎開《そかい》するところで終わっている。東京大《とうきょうだい》空襲《くうしゅう》の数日後の場面だ。この四十二年前に書いた本の続きを読みたいという声があったのは、たしかだった。でも私は、どう考えても『窓ぎわのトットちゃん』よりおもしろいことは書けない、と思っていた。私の人生でトモエ学園時代ほど、毎日が楽しいことはなかったから。だけど、私のようなものの「それから」を知りたいと思ってくださる方が多いのなら、書いてみようかなと、だんだん思うようになった。よし！　と思うまで、なんと四十二年もかかってしまった。

目次

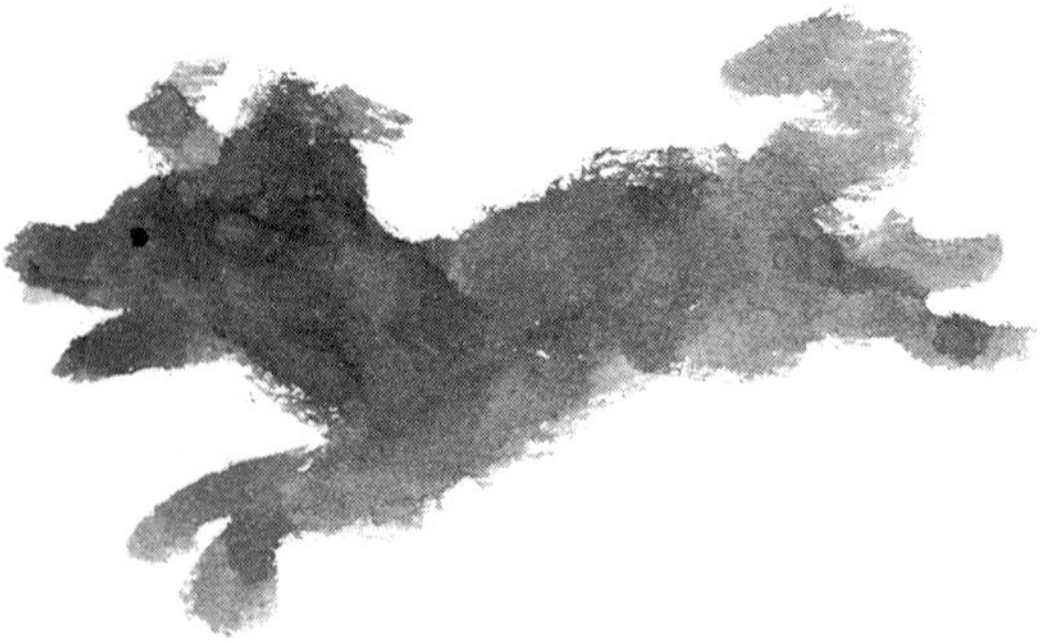

絵　いわさきちひろ
装幀　名久井直子

「寒いし、眠《ねむ》いし、おなかがすいた」

幸せな日々

「明日から、毎朝バナナを食べることにするぞ！」

ある日のこと、パパが突然《とつぜん》そう宣言した。

どこかから「バナナは体にいい」と聞きつけてきたみたい。いまでこそ、だれもが手軽に食べられる果物だけど、昔は高級果物で、戦後もしばらくは、子どもは病気にでもならないと食べさせてもらえなかった。あのときほどパパの宣言を「わーい！」と喜んだことはない。

見ているだけで元気が出そうな色と、まあるくカーブを描《えが》いたかわいらしい形。皮はむくのが簡単で、中はネットリ、なによりあまい。その日から、バナナは毎朝、家のテーブルに置かれるようになった。

トットの家の食事メニューは、どうやら、よその家とはちょっと違《ちが》っていた。まだ戦争の影《えい》響《きょう》がそれほどでもなくて、食料が手に入っていたころ、家では洋食が基本だった。朝食は決まってパンとコーヒー。パパは毎朝、木製の四角い箱の中にコーヒー豆を入れると、金属製の取っ手をグルグル回して豆を挽《ひ》いた。ガリガリガリ！　コーヒーのいい香りがした。パンにもお決まりがあって、洗足《せんぞく》の駅前のパン屋さんが、毎朝できたてを配達してくれる。外側が少し固い、お尻《しり》の形をした丸いフランスパンが、パパのお気に入りだった。

家族全員がそろった夜のお食事は、お肉料理。パパは牛肉が大好きだったので、ママはフライパンで焼いたり網焼《あみや》きにしたり、飽《あ》きないような工夫《くふう》をしていた。普通《ふつう》の家では、焼き魚や魚の煮《に》つけが多かったと思うけど、パパのおかげで、いつもおいしい牛肉を食べられて、トットは大満足だった。ただ、ママは魚派だったし、トットの二歳《さい》下の弟も魚派だった。


パパはヴァイオリニストで、新交響楽団《しんこうきょうがくだん》（いまのNHK交響楽団）のコンサートマスターをしていた。ロシア出身の名ヴァイオリニスト、ヤッシャ・ハイフェッツになぞらえて「日本のハイフェッツ」と呼ばれたりして、定期コンサートのほか、地方の演奏公演、レコードの録音演奏などで連日大忙《おおいそが》しだった。「日本一の演奏家」という称号《しょうごう》をもらったこともあった。

パパとママの縁《えん》を結んでくれたのが、偉大《いだい》なる作曲家、ベートーベンだと知ったとき、トットはとても驚《おどろ》いた。

ある年の暮れ、パパはオーケストラの仲間たちと、日比谷公会堂《ひびやこうかいどう》でベートーベンの第九交響曲の演奏会を開くことに決めた。会場を満員にするには切符《きっぷ》を売らなくてはならなかったが、そのためにも第九はぴったりの曲だった。というのも、第九のあとのほうには「歓喜《かんき》の歌《うた》」のコーラスがあって、そこは音楽学校の学生さんにお願いするのが通常だった。出演料を払《はら》わなくてよいのがありがたかったし、学生たちはみんな競《きそ》うようにして切符を売ってくれたので、日比谷公会堂はすぐに満員になった。

そのコーラスの中に、東洋音楽学校《とうようおんがくがっこう》（いまの東京音楽大学《とうきょうおんがくだいがく》）に通うママがいて、パパと出逢《であ》うことになったのだ。グリーンの毛糸のジャケットとスカートに、同じグリーンのベレー帽《ぼう》がとてもよく似合っていた。どれもママの手編みだった。ママはとても美しくて、パパは一目でママを気に入ってしまった。パパの住んでいたアパートの一階にある「乃木坂倶楽部《のぎざかクラブ》」という喫茶店《きっさてん》に、お茶を飲みに誘《さそ》った。すっかり気があった二人は、いろんなことを話しあった。運がいいことに、パパもハンサムだった。

二人は、時間の経《た》つのも忘れて話しこんだ。気がついたときには、電車もバスもなにもなくなっていた。パパは乃木坂倶楽部の上にあるアパートの部屋に、ママを招待した。ママは当時、麴町《こうじまち》の叔父《おじ》さまの家に居候《いそうろう》をして学校に通っていた。もう電話をかけるにしても遅《おそ》すぎる。みんな寝《ね》ているだろう。ママは仕方なくパパのあとについていった。

ママは、後々までこの日のことを、「二十歳《はたち》にもなって、のこのことパパのあとについていった自分は、なんてお馬鹿さんだったのだろう」と言っていたけど、ママにしても、オーケストラのコンサートマスターの、しかもハンサムなパパの誘いだったから、ちょっぴりうれしかったかもしれない。それにしても、ベートーベンが第九交響曲を作っていなかったら、ママとパパは会うこともなく、トットも二人の子どもになることはなかったと思う。世の中には不思議なことがあるものだ。

パパとママの新婚《しんこん》生活が乃木坂で始まり、トットも乃木坂近くの病院で生まれた。だけど、パパのオーケストラの練習場があるのは洗足池（いまの大田区《おおたく》）の近くだったので、そこまで歩いて通える北千束《きたせんぞく》の一軒家《いっけんや》に引《ひ》っ越《こ》すことになった。

戦前のトットは、パパ、ママ、弟、シェパードのロッキーと暮らしていた。二人目の弟と妹が生まれたのも、この家で暮らしているときだった。とてもモダンなつくりで、赤い屋根に白い壁《かべ》。ベランダもあったし、床《ゆか》は板張りの、いまでいうフローリング。寝るのもお布団《ふとん》ではなくてベッドだった。

庭にはスイレンの浮《う》かぶ池があって、ベランダの上にはブドウ棚《だな》があって、毎年秋になるとたわわに実るブドウがあまくておいしかった。戦争がひどくなって食べものがなくなると、パパはブドウ棚でカボチャを作った。とても上手にできて、家じゅうで喜んだ。

温室もあって、パパは朝から熱心に、東洋ランやバラの手入れをしていた。

「トット助《すけ》、おいで」

パパに誘われて、温室の手入れをトットが手伝うこともあった。バラにたかるバラゾウムシという鼻がゾウのように長い小さな昆虫《こんちゅう》を、バラのつぼみや新芽から引きはがしたりもした。

トットの着ている服は、ぜんぶママが縫《ぬ》ってくれた。それもお店では売っていないような、斬新《ざんしん》なデザインのものばかり。ママは「外国の本を読んで参考にしたの」なんて言っていたけど、その作り方がふるっている。気に入った布を見つけると、それをトットにかぶせて、トットの体のサイズにあわせて、ハサミでチョキチョキと布を切ったかと思うと、今度は切った布をササッと糸でつないで、たちまち洋服に仕立ててしまうのだった。

「魔法使《まほうつか》いみたい！」

ああいうのを立体裁縫《さいほう》というのだろうか。新しい洋服ができあがるたびに、トットはびっくり仰天《ぎょうてん》だった。

料理にしてもお裁縫にしても、センスのよいママは、楽しみながら作っていたんだと思う。トットが通っていたトモエ学園《がくえん》では、ひところ、お弁当箱のふたを開けて食べるのではなく、お弁当箱をひっくり返して、底のほうから逆に開けて食べるのがはやったことがあって、子どもたちはみんな、お母さんに底が表になるようなお絵描《えか》き弁当を作ってもらっていた。

そのお絵描き弁当が、トットのママは抜群《ばつぐん》に上手だった。底のほうからおかずを入れて、ひっくり返すとちゃんと女の子の顔になっていたりする。そのできばえにみんなが驚いて、お弁当の時間になると「見せて！」「見せて！」とトットのまわりに集まってきた。いまでいう「キャラ弁」は、じつは戦前から存在していたのだ。

近所にあった洗足池公園は、子どもが遊ぶのにうってつけの場所だった。洗足池は、鎌倉時《かまくらじ》代《だい》に日蓮聖人《にちれんしょうにん》がわき水で足を洗ったことから、その名前がついたといわれている。池の底が

パパ・守綱《もりつな》、ママ・朝《ちょう》、弟・明兒《めいじ》と自宅の庭で。

見えるぐらい水が透《す》きとおっていた。鬱蒼《うっそう》とした森に囲まれ、わき出る清水をたたえた池のすみには、みごとな太鼓橋《たいこばし》がかかっていた。トットはザリガニを捕《と》ろうとして橋に寝そべって手を伸《の》ばし、二度も池に落っこちた。でもすぐに助けてもらえた。まわりには神社や茶店《ちゃみせ》や、勝《かつ》海舟《かいしゅう》と奥《おく》さまのお墓もあったし、休みの日は家族連れでにぎわっていた。

「チンカラ園」という子どもの遊び場では、高さ五メートルぐらいのすべり台が人気で、夕方になると近所の子どもたちが、すべり台を目当てに集まってくる。「ひゃー」などと歓声《かんせい》を上げながら、陽《ひ》が落ちて暗くなるまで何回だってすべる。とても高いところから一気にすべりおりると、ゾウの鼻とか、雲とか、なにか特別なものに乗っているような感じがした。トットは目をつぶって、「ゾウの鼻!」とか、「次は雲!」とか、「魔法のじゅうたん!」とか、いろんなものを想像しながらすべった。

もちろん目を開けたままますべって、遠くまで広がっている町の景色が、ヒューッて消えていくのを見るのも楽しかった。季節によって、空の色が濃《こ》くなったりうすくなったりするし、雲の形も変化する。夏の終わりが近づくと、モクモクの入道雲がいつの間にか消えて、うすい雲のベールがかかったみたいな空になる。「あーあ、夏が終わっちゃう」なんて、ちょっとさびしく感じながら、その雲のベールをマントみたいにひるがえして、妖精《ようせい》になった気分ですべることもあった。

チンカラ園のそばには、だれも住んでいないお屋敷《やしき》があった。トットは、よくそのお屋敷に上がりこんで、みんなと畳《たたみ》の上をバタバタと走りまわった。

この家が勝海舟の別荘《べっそう》だったと知るのは、ずっとあとになってからのことだ。晩年の勝海舟はここで悠々自適《ゆうゆうじてき》のときを過ごし、西郷隆盛《さいごうたかもり》と歓談《かんだん》したこともあったらしい。そんな由緒《ゆいしょ》ある家を、靴《くつ》を脱《ぬ》いでいたとはいえ平気で走りまわっていたのだから、やっぱり戦前はおおらかな時代だったのかもしれない。バタバタと走りまわっても、鬼《おに》ごっこをしたり、かくれんぼをしたりしても、一度も大人たちに叱《しか》られたことはなかったように思う。

勝海舟がここでどんな話をしていたかを知ったのは、NHKの大河ドラマを観《み》たときのことだった。そのときトットは、親戚《しんせき》のおじさんに久しぶりに会ったような気がした。

銀《ぎん》ブラ、スキー、海水浴

「年に一回、トット助を銀座《ぎんざ》に連れていってあげよう」

なにを思ったのか、パパがそんなことを言い出した。パパはその約束を忘れずに、かならず実行してくれた。いつもママと二人でしか出かけないパパにしては、珍《めずら》しい考えだった。

パパはまず資生堂《しせいどう》パーラーで、銀製のカップにのった半球形のアイスクリームを食べさせてくれた。ウエハースもついていたように思う。ピカピカのスプーンで一口すくい、そーっと口に入れる。冷たさとあまさが口の中から頭のてっぺんまで広がる感じで、世にも幸せな気分になった。

アイスクリームのあとは、銀座通りをブラブラしながら、ショーウインドウをのぞいたり、お店に入ったり。でも、子どもにあんまり慣れていないパパは、売っているものにトットが目をやるだけで、すぐに「欲《ほ》しいの？」と聞いてきて、買ってくれようとする。

トットは、「欲しいわけじゃないけど、見たいときってあるのにな」と思った。ヴァイオリンとママだけに夢中になって生きてきたパパに、女の子のそういう気持ちが理解できないことは、トットも気づいていた。「見たいだけ」と言ってもわかってもらえない気がしたので、ウインドウショッピングのときは、見たくても立ち止まらず横目にするだけにした。

でも、三越《みつこし》デパートの並びの金太郎《きんたろう》というおもちゃ屋さんに入ったときは、買ってもらうことが目的だった。さんざん迷ったすえに、中をのぞくと映画みたいに絵が動いて見える「のぞきからくり」のようなおもちゃを、買ってもらったこともある。

おもちゃが入った箱を抱《だ》きかかえたトットは、娘《むすめ》におもちゃを買ってあげられて満足そうなパパと、日本劇場《にほんげきじょう》（いまの有楽町《ゆうらくちょう》マリオン）の下の映画館に行く。「ポパイ」や「ミッキーマウス」などの映画を観《み》て、その後タクシーに乗って家路についた。年に一度のパパとの優雅《ゆうが》な銀座デートは、戦争が激しくなって、世の中から楽しいことや、おいしいものが消えてしまうまで続いた。

振《ふ》り返《かえ》ってみると、トットはずいぶん恵《めぐ》まれた少女時代を過ごしていたと思う。

冬になると、家族で志賀高原《しがこうげん》に出かけた。当時の志賀高原はとても国際色が豊かで、上海《シャンハイ》や香港《ホンコン》や、それからヨーロッパからの外国人観光客でいっぱいの観光地だった。パパが、志賀高原に別荘《べっそう》を持っている指揮者の齋藤秀雄《さいとうひでお》さんから、演奏のアルバイトに誘《さそ》われたのが、ことの始まりだった。小澤征爾《おざわせいじ》さんの恩師として知られる齋藤さんは、チェリストとしても有名で、パパたちと弦楽《げんがく》四重奏団を結成していた。

トットたちが泊《と》まったホテルは、建物に入った瞬間《しゅんかん》、大きなロビーが暖かくなっているのにまずビックリした。食堂とか、廊下《ろうか》のはしっことか、どこに行ってもちゃんと暖かくて、なんとトイレまで！　食堂のボーイさんが雪の中から黄色い野菜を掘《ほ》り出《だ》しているのも見た。黄色くてシャリシャリしたその野菜は、「セロリ」というのだとボーイさんが教えてくれた。ママもトットも、セロリを食べたのは、そのときがはじめてだった。

志賀高原の演奏会は外国人専用ホテルで開かれた。毎晩のようにダンスパーティがあって、パパたちはそこで演奏をしていたが、パパの目的はスキーだった。パパは志賀高原がいたく気に入って、演奏旅行にはかならず家族連れで参加するようになった。

当時のスキー場にはリフトがなかった。スキー板をはいたら、自分の足で斜面《しゃめん》を上ってそこからすべる。トットは、冬用の厚手のワンピースの下に、ズボンをはいただけの出《い》で立《た》ちで、子ども用のスキーでゲレンデをうろうろしていた。ママは、シルクのグリーンのマフラーを頭に巻いてすべっていた。風になびいたら素敵《すてき》だろうと思って、そうしたんだって！

子どもが珍《めずら》しかったせいか、ゲレンデでは外国人のスキーヤーからよく声をかけられた。

「オー、キュート！」

なにを言っているのかはわからなかったけど、ほめられていることはわかったので、「サンキュー」と応えた。トットも「サンキュー」だけは知っていたから、外国人から声がかかるたびに少し頭を下げて、その言葉をくり返した。

そんなある日、青い眼《め》をした若いスキーヤーがニコニコしながら近づいてきて、

「ぼくのスキーに乗ってみない？」

みたいな身振《みぶ》りをした。知らない人だから一瞬迷ったけど、近くにいたパパに聞いた。

「いい？」

パパはニコニコしてこう言った。

「お願いしてみたら？」

トットはここぞとばかりに、

「サンキュー、ベリーマッチ！」

と言って、その人についていった。

雪の斜面をどのくらい上っただろうか。その人は自分の二本のスキーをそろえて、先のほう

にトットをしゃがませた。どうするのかなと思っていると、次の瞬間にはもう、トットを乗せたスキーは自由自在にゲレンデをすべっていた。

右に左に、すべり台とも違《ちが》う、もっと速くてもっとなめらかな、ゆりかごみたいなリズムもあって、とても気持ちがよかった。そのまま空を飛べそうって思ったぐらい。その人はトットが転げ落ちないように、後ろから支えてくれた。

おんぶするとか、抱きかかえてすべるとかじゃなくて、スキーの上に子どもを乗せてすべるなんて、凡人《ぼんじん》にはマネのできないテクニックだと思ったけど、それもそのはずその人は、アメリカの映画にも出演したことのある、有名なスキーヤーだったみたい。あとになって、ホテルの人が教えてくれた。トットは、世界的なスキーヤーからかわいがってもらえたことが、ちょっと自慢《じまん》だった。

夏は夏で、パパのお兄さまが住んでいる鎌倉の由比ヶ浜《ゆいがはま》に、海水浴に行くのが楽しみだった。伯父《おじ》さまの名前は田口修治《たぐちしゅうじ》といって、ドキュメンタリー映画のカメラマンをしていて、「シュウ・タグチ」という名前で有名だった。戦地に出かけることもしばしばだったが、戦後は教育映画のジャンルで、その実力を発揮した。

この伯父さまから、ニューヨークのお土産《みやげ》ということで、白黒のクマのぬいぐるみをプレゼントしてもらったことがある。これがパンダのぬいぐるみだと知るのは、ずっとあとのことだ

伯父さまの家の玄関先《げんかんさき》で。

が、当時のアメリカは空前のパンダブームだったらしい。アメリカ人の女性が、探検家だった夫の遺志を継《つ》いで、中国の四川省《しせんしょう》に「幻《まぼろし》の動物」と呼ばれていたパンダを探しにいったら、いとも簡単に竹林《ちくりん》で赤ちゃんパンダを発見した。その子パンダを子犬に変装させて連れて帰ってきて、シカゴの動物園で飼育されるようにしたら、これがたちまち大人気になって、アメリカの町じゅうにパンダグッズがあふれていたそうだ。

まだそのころのトットは、パンダのことを知らなかったから、「ふーん、こういう白黒のクマがいるんだ」と思っただけだった。でも、そのぬいぐるみは生涯《しょうがい》のともだちになった。

鎌倉の海岸で、ママは水着を着ていた。当時の日本の女の人は、海水浴のとき、腰巻《こしま》きに肌《はだ》着《ぎ》を羽織って水着代わりにしている人がほとんどだった。海から出てくると胸が透《す》けて見えることもあったけど、みんなぜんぜん気にしていなかった。おばさんが多かった。トットはそれを見て、「見せびらかして、すごいなあ」と思ったけど、当時はそれがあたりまえだった。

「足の長さが違《ちが》うんじゃない？」

小学校に上がる前の年のこと。夏の朝、右足全体がズキズキ痛くて目が覚めた。

「寝《ね》ているときに足が痛かった！」

そう訴《うった》えると、ママは朝ごはんの支度《したく》をする手を止めた。

「大変！　すぐ病院へ行きましょう」

こういうときのママの決断は早い。だけどトットは、絶対に行きたくないと思って、病院に行かなくてすむような言い訳を必死に考えた。

「えーとね、たぶん昨日《きのう》、でんぐり返しをしたときに、どこかにぶつけたんだと思う」

と言った。でも、ママは聞いてくれなくて、トットの手をひっぱると、近くにある昭和医《しょうわい》専《せん》（いまの昭和大学医学部）の病院に連れていった。

病院では、元気のいい男のお医者さまがトットの足を調べてくれた。いろいろ診《み》ているうちに、明るかった先生の顔が曇《くも》ってきた。

「すぐ、入院しましょう」

トットは、自分の身になにが起こったのかがわからないまま、いきなり寝かされると、ドロドロの石膏《せっこう》にひたした包帯で、右足の指先からウエストまで、あっという間にグルグル巻きにされてしまった。

トットの右足は、結核性股関節炎《けっかくせいこかんせつえん》という病気だった。血液が運んできた結核菌《けっかくきん》が、股関節で炎症《えんしょう》を起こしているということで、放っておくと関節の表面にある軟骨《なんこつ》が破壊《はかい》され、次に骨まで破壊され、関節がくっついてしまうこともあるらしかった。

グルグル巻きのギプスができあがった瞬間《しゅんかん》に、先生は「上等、上等の助《すけ》！」とか言って、トントンと、でもやさしく、ギプスで固められた右足を叩《たた》いた。トットは、自分がなにか新しいお人形になったみたいな気がした。体を動かせないことも、それはそれで未知の体験だったから、ずーっと横になっていられるなんて楽ちん、と呑気《のんき》にかまえていた。でも、先生は「絶対安静」とおっしゃって、そのままトットを子ども用のベッドに連れていった。

「お嬢《じょう》さんは、一生松葉杖《まつばづえ》を使うことになりかねませんよ」

トットは知らなかったけど、ママは、先生にそう言われたらしい。

はじめての入院だった。ベッドに横たわったトットは、ギプスのせいで寝返り一つ打てなかったから、眠《ねむ》れないときは、ずーっと仰向《あおむ》けのまま天井《てんじょう》を見つめていた。でも、おもしろいこともけっこうあった。パパとママは毎日病室を訪《おとず》れては、トットの身のまわりの世話を焼いてくれた。ママの持ってきてくれた本を読むことも多かったし、寝ている両手にお人形さんやぬいぐるみを持って、胸の上でお話ごっこなんかもして過ごしていた。

食事のときは、看護師さんかママのどちらかが、食べものを小さく切って口まで運んでくれたけど、病院のごはんは、ママの料理に比べるとぜんぜんおいしくなかった。いちばんいやだったのは、四角い高野豆腐《こうやどうふ》の煮物《にもの》。栄養があるせいか、高野豆腐はよくおかずに出た。「今日のおかずは高野豆腐ですよ」と言われたときは、「あーあ、またか」と思いながら、そーっと頭を起こして、茶色くて四角いかたまりをじっと見つめた。看護師さんにお箸《はし》をとってもらうと、トットはそのお箸を高野豆腐にギューッと押《お》しあてて、お汁《しる》がジュワーッとあふれるのを確認《かくにん》した。そして「やだなー」と思うのだった。

でも、毎回ギューとジュワーをくり返すトットを見ていた看護師さんは、「高野豆腐が好きなのね」と思っていたに違《ちが》いない。

トットは、よくよく不運な子だった。昭和医専に入院中に猩紅熱《しょうこうねつ》にかかってしまった。猩紅熱は、おもに子どもがかかる伝染病《でんせんびょう》で、トットは右足をギプスにくるまれたままの状態で、昭和医専から近くの荏原病院《えばらびょういん》という伝染病専門の病院に隔離《かくり》されることになった。高熱が出たし、体じゅうに赤いポツポツができたし、のどが痛くて苦しかった。でもちょっぴりおもしろいこともあって、治りはじめると、ヘビが脱皮《だっぴ》するみたいに皮膚《ひふ》がずるっとむけた。手の皮膚は、手袋《てぶくろ》みたいな形のままむけて、かゆいけどおもしろかった。

弟の明児《めいじ》ちゃんも猩紅熱にかかったから、パパとママは大変だった。ママは二人の看病で病院から家に戻《もど》れなかったので、パパは毎日自転車に乗って、どこで手に入れたのか、おかずを運んできてくれた。

不運はこれで終わらない。

やっと猩紅熱が治まり昭和医専に戻ったトットは、今度は水疱瘡《みずぼうそう》になった。一難去ってまた一難。水疱瘡も伝染病なので、トットはギプスをつけたまま荏原病院に逆戻り。足のギプスもまだまだ取れる気配がなかった。

それにしても、水疱瘡は泣きそうなほど、かゆかった。しかも季節は夏。体じゅうにブツブツができて、ギプスをつけていないところは、かいたり、かゆみ止めを塗《ぬ》ったりできるけど、ギプスの中はまったく手が入らないし、汗《あせ》はかくし、むれてしまうしでたまらない。ギプスと体の隙間《すきま》に細長い棒をつっこんで、かこうとしても、なかなか入っていかない。

そんな窮状《きゅうじょう》を察したパパが、物差しを持ってきてくれた。隙間からゆっくりと入れたら、ペタンコの物差しは、かゆいところの近くまで行くことに成功した。

「パパ、ちゃんと届いた！　大成功！」

ヴァイオリンで忙《いそが》しいパパが一生懸命《いっしょうけんめい》になってくれるのがうれしくて、ありがたくて、トットは拍手《はくしゅ》をした。膝《ひざ》の後ろとか、いちばんかゆいところには物差しも届かなかったけど、それは我慢《がまん》した。

病院の外から、カナカナカナと鳴くセミの声が聞こえはじめると、とうとうギプスを取る日がやってきた。夏のあいだ、ずっとギプスの中に押しこめられていた右足は、うんと細くなっていた。入院中に少し背も伸《の》びたけど、足の長さは、右足より左足のほうが長くなっていた。

「あれ、足の長さが違うんじゃない？」

先生がギプスを外してくれたとき、トットとママは、顔を見あわせて笑ってしまった。だけどこのままでは、両足のバランスが崩《くず》れてうまく歩けない。そこでトットは、昭和医専の病院を退院すると、接骨院に通ったり、湯河原《ゆがわら》（神奈川県）の温泉で湯治《とうじ》をしたり、いまでいうリハビリに取り組んだ。

湯河原にはパパのお母さまと、若いお手伝いさんの二人がつきそってくれた。おばあさまは、トットが畳《たたみ》の上を走ったとき、「静かになさい」ではなく「音は嫌《きら》いです」と言った。トットはその一言を聞いただけで「怖《こわ》い！」と思い、なるべく静かに暮らすようにした。


湯河原からの帰りは、品川駅《しながわえき》にパパとママがお迎《むか》えにきてくれた。列車から降りたトットがプラットホームを走ってパパとママのところに行くと、二人とも泣いていた。久しぶりに会えてうれしいはずなのに、どうして泣いているのかと思ったら、昭和医専の先生から「松葉杖になるかもしれません」と言われていたからだった。それなのにトットが走ってきたので、うれしかったのだと、大人になってから教えてもらった。

足の長さは同じになった。歩くことも走ることもできる。トットは運がよかった。

キャラメルの自動販売機《はんばいき》

トットは小学生になった。

一年生の途中《とちゅう》で、自由ヶ丘《じゆうがおか》の駅前にあったトモエ学園に転校したけど、トットは五歳《さい》のときからピアノ教室にも通っていて、週に一度、北千束から電車を乗《の》り継《つ》いで渋谷《しぶや》まで行き、先生のお家《うち》でお稽古《けいこ》をしていた。

乗《の》りかえの大岡山駅《おおおかやまえき》の階段をおりたところに、トットの興味をひくものがあった。森永《もりなが》キャラメルの自動販売機だ。当時の大岡山は、東京工業大学《とうきょうこうぎょうだいがく》以外はなにもない殺風景なところだったから、なぜあんな場所に最新式の販売機が置かれていたのか、いまも不思議でならない。

自動販売機は、お金を入れる細長い穴に五銭硬貨《こうか》を入れると、キャラメルの小箱が出てくる仕《し》掛《か》けだった。でも、日本中が食料不足に悩《なや》まされはじめていたせいか、その販売機にキャラメルが入っているのは一度も見たことがなかった。

でもトットは、食料不足のせいでキャラメルが入っていないとは思わないから、いつもワクワクしながら自動販売機の前に立った。五銭硬貨を入れて、ボタンを押《お》して、キャラメルが出てくるのを待っていると、チャリン！　お金は下にある小さな受け皿にそのまま戻《もど》ってきた。

「お金は返ってこなくてもいいから、キャラメルが出てくるのを見たい！」

トットはそう思って、販売機を前後左右にゆすってみるけど、それでもキャラメルが出てくる気配はない。トットはどうしても、自動販売機からキャラメルが出てくるのを見たかった。

ピアノのお稽古に行くたびに、トットは「ひょっとしたら直っているかもしれない」と思って、自動販売機をゆすった。

あれはもしかしたら、東工大の学生さんが作った試作品かなんかだったのかな？

毎回ってわけじゃないけど、ピアノのお稽古にママがついてくるときがあった。そういうときは、キャラメルの自動販売機以上の楽しみがあって、お稽古が終わると、渋谷駅前の食堂に連れていってもらえた。ママに「なにがいい」と聞かれると、トットはかならず「アイスクリーム！」と答えた。

いつものようにお稽古を終えて、渋谷のハチ公前の交差点を渡《わた》った向かい側、いまの109の手前にある大きな食堂に入った。トットたちは、一人で食事をしている若い兵隊さんと相席になった。トットは口のまわりをアイスクリームだらけにしながら、いろんなことをママに話しかけていた。すると、先に食事をすませた若い兵隊さんが立ち上がって、トットたちに微笑《ほほえ》みかけてきた。

「これ、よかったらどうぞ」

ママに差し出した紙切れには「外食券」と印刷してあった。いろいろなものが少しずつ手に入りにくくなっていて、町の食堂でなにか食べるときは、この外食券が必要なことがあった。トットは、このときはじめてそれを見た。

「こんな大切なもの、いただけません。困ります」

ママは恐縮《きょうしゅく》しながらそう言って、兵隊さんに返そうとしたけど、兵隊さんはママに外食券を押《お》しつけるようにして立ち去った。

このときのことを、トットは戦争が終わってからもよく思い出した。兵隊さんが一人で食堂にやってきたのは、戦地へ赴《おもむ》く直前だったからだろうか。そこにトットたち親子連れがやってきて、楽しそうにアイスクリームを食べているのを見ているうちに、自分の幼い妹や親戚《しんせき》の子たちのことを思い出したのだろうか。だから、外食券をママにくださったのだろうか。兵隊さんは元気で帰ってきただろうか。

アメリカとの戦争が始まったのは、その年の暮れのことだった。

そして、トットはいつの間にか、ピアノを習うのをやめてしまった。

まだアメリカとの戦争が始まる前、パパを除く全員で、北海道のママの実家に遊びにいったことがある。ママにとっては、結婚《けっこん》してからはじめての里帰りだった。

帰りの青森から上野《うえの》に向かう汽車の中で、トットは窓にへばりつくようにして、外の景色を眺《なが》めていた。前の席にはおじさんが二人座《すわ》っていて、「あの栗毛《くりげ》の馬はとてもいがった」「子馬は安かったから買いたがった」と、さかんに馬の話をしていた。

発車してしばらくすると、窓いっぱいに広がるまっ赤な光景が、突然《とつぜん》トットの目の前に現れた。リンゴ畑だった。

「リンゴだ、リンゴだ！」

トットだけじゃなく、ママもいっしょになって大きな声を上げた。まっ赤なリンゴの実がたくさんなっていて、それがあまりにきれいで、おいしそうで、トットたちはウットリした。

「どうしましょう。降りるわけにもいかないし」なんて、ママがトットたちに話していたら、前に座っていたおじさんの一人が、「リンゴ欲《ほ》しいか？」と話しかけてきた。

「ええ！　欲しい、欲しいです。もう、リンゴなんて東京では、ずーっと食べたことないですし、売ってもいませんから」

「私たちは次の駅で降りるけどね。そうだ、奥《おく》さん。お宅の住所を書きなさい」

ママは大あわてでメモ帳を破ると、大きな字で東京の住所を書いて、それをおじさんに渡《わた》した。メモの切れはしをポケットにつっこんだおじさんたちは、次の駅であたふたと席を立ち、降りていった。

おじさんからトットの家にリンゴが届けられたのは、それから二週間ぐらい経《た》った日のことだった。大きなリンゴの木箱が二箱も。もみ殻《がら》の中から顔を出したまっ赤なリンゴたちは、本当においしそう。もちろんあまくておいしくて、泣いちゃうぐらいうれしかった。

それが縁《えん》で、ママとおじさんは手紙のやりとりをするようになった。名前を沼畑《ぬまはた》さんといって、青森県三戸郡《さんのへぐん》の諏訪《すわ》ノ平《たいら》で大きな農家を営んでいるとのことだった。ジャガイモとかカボチャとか、野菜をたくさん送ってもらったこともある。

そのうちおじさんから「来年、長男が東京の大学に行くけれど、知りあいがいないので下宿させてほしい」という手紙が届いた。ママはそのお願いを引き受けたけど、息子《むすこ》さんはトットたちの家に来る直前に軍隊に召集《しょうしゅう》になり、それから一年もしないうちに戦死したと聞いた。

戦争が終わってもトットは、大学生が軍隊に召集されて行進しているニュース映像が流れると、息子さんはあの中にいたのかなと思って目を見開いたものだった。

本はともだち

トットが本好きになるきっかけは、パパだった。子育てをママに任せきりだったパパは、トットに本の読み聞かせをするのは、父親の役割だと思いこんでいたみたいだ。夜トットがベッドにもぐりこむと、パパは待ちかねたように本を小わきに抱《かか》えてやってくる。椅子《いす》をベッドのわきに引きよせると、それが朗読の始まる合図だった。

パパが読んでくれるのは小説が多かった。そのころのトットには、絵本のほうがふさわしかったのかもしれないけど、エドモンド・デ・アミーチスの『クオレ』やバーネット夫人の『小公子《しょうこうし》』などなど、いろいろな小説を毎晩少しずつ読んでくれた。中でもトットのいちばんのお気に入りは『クオレ』だった。でも、

「パパは一生懸命《いっしょうけんめい》だけど、本を読むのはあんまり上手じゃない。トットが大きくなったら、自分の子どもに上手に本を読んであげるお母さんになるんだ」

トットはそんなことを考えるようになった。

入院したときも、トットは好きな本を読んでいれば、痛みやかゆみや不安な気持ちを忘れることができた。入院が長引いたおかげで、自分で本を読む習慣が身についたのは、不幸中の幸いだったかもしれない。絵本や子ども向けの本だけでは飽《あ》きたらなくなったトットは、退院すると、パパの本棚《ほんだな》を物色するようになった。

はっきりと覚えているのは、志賀直哉《しがなおや》の『暗夜行路《あんやこうろ》』だ。

「どれどれ」

トットは、目の前にあった茶色いカバーの本を手に取って、パラパラとめくってみた。パパの本は分厚くて、重くて、いくらページをめくっても絵は出てこなかったし、文字も小さかったけど、当時は、漢字にはみんな読みがなが振《ふ》ってあった。だから、文字をゆっくりと追っていくと、なんとなく読める。童話や絵本のような挿絵《さしえ》がないぶん、登場人物たちの見た目が細かく描写《びょうしゃ》されていて、服装や髪型《かみがた》を頭の中で想像するのも楽しかった。

本さえあれば機嫌《きげん》がよくなるトットを見て、パパとママは、『日本少国民文庫《にほんしょうこくみんぶんこ》』という子ども向けの文学全集を買ってくれた。ぜんぶで十冊以上もあったけど、とりわけトットが大好きだったのが『世界名作選《せかいめいさくせん》』という題名がついた巻だった。

この巻には、レフ・トルストイ、ロマン・ローラン、カレル・チャペック、マーク・トウェインといった作家の作品や、カルル・ブッセの詩やベンジャミン・フランクリンの自伝などが収録されていて、子ども向けというにはなかなか豪華《ごうか》な内容になっていた。

トットいちばんのお気に入りは、エーリヒ・ケストナーの「点子《てんこ》ちゃんとアントン」。お金持ちの家庭に育ったおてんばな点子ちゃんと、貧しいけど母親思いのアントン少年の友情物語に、すっかり夢中になった。

トットの家では、お菓子《かし》の買い食いは禁じられていたけど、本をツケで買うのは許されていた。ギッシリと詰《つ》まった本棚に目をこらし、一冊一冊手に取って「これ!」と思う本が見つかると、レジのところに座《すわ》っているおじさんに、「黒柳《くろやなぎ》ですけど、この本ツケにしてください」とお願いする。そして、手にした本を胸に抱《かか》えて、家に駆《か》けもどるのだった。

ところが、本屋さんの棚に大きな変化が起きはじめる。まるで櫛《くし》の歯が欠けたように、本棚の隙間《すきま》が目立つようになった。これもまた戦争のせいで、物資不足は印刷用の紙にまで及《およ》び、出版社はなかなか本が出せなくなっていた。本屋さんに行くたびにさびしくなっていく本棚を眺《なが》めるのは、とても悲しいことだった。

その日もトットは、学校帰りに本屋さんに寄ってみた。だけどやっぱり本棚はみごとなぐらいスカスカで、本じゃなくて本棚を売ってるみたいだと思った。とくに子ども向けの本棚は空っぽだった。それでもトットは、本棚のすみに並んでいるわずかな売れ残りの中から、一冊の本を取り出した。それは『新作落語《しんさくらくご》』という本だった。

売れ残りの本だからなあ。そう思って、あまり期待しないで読みはじめたけど、これが思いのほかおもしろかった。

泥棒《どろぼう》に入られないように、家じゅうに防犯装置を張りめぐらせたら、自分が引っかかってしまったマヌケな家主の話。やたらとオナラが出るせいで、お嫁《よめ》に行けなかったお金持ちのお嬢《じょう》さんが、ようやく結婚《けっこん》できたと思ったら、結婚した夜にオナラが出て、その勢いで旦那《だんな》さんが部屋の中を七回り半飛んで気絶したという話。出てくる人出てくる人、みんなトンチンカンだったり、笑っちゃうような欠点の持ち主だったり、あまりのおかしさにトットは、あらためて本はいいなあと思った。

十五つぶの大豆

戦争中の東京の冬は、いまよりもずっと寒かったと思う。

「寒いし、眠《ねむ》いし、おなかがすいた」

トモエ学園の行き帰り、トットたちはみんなでそう言いながら歩いていた。簡単な曲をつけて、自分たちのテーマソングみたいに歌うこともあった。

お米の配給制が始まったのは太平洋戦争が始まる前だったけど、しばらくすると、食べもの屋さんはどんどん閉まっていったし、戦争が長引くにつれて、サツマイモ、大豆、トウモロコシ、コーリャンなどが「代用食」として配給されるようになった。
毎日のお弁当が白いごはんから大豆に代わったときは、それはもう空腹に苦しめられた。運動会のお弁当から、白いごはんがいっせいに消えてしまったときも、「去年の運動会のお弁当は、ママが作ってくれたあまいおいなりさんだったなあ」と思い返して、トットはとても悲しかった。


ある寒い朝、学校に出かけるときにママから、フライパンで炒《い》った大豆が十五つぶ入っている封筒《ふうとう》を渡《わた》された。

「いいこと、これが徹子《てつこ》さんの今日一日分の食べものよ」

ママはトットの手に封筒を置いた。

「急いでぜんぶ食べちゃったらダメよ。帰ってきてもなにも食べるものがないから、いつ、何つぶ食べるかは自分で塩梅《あんばい》してね」

そうか。今日からお弁当はお豆だけなんだ。おなかがすいても、いっぺんに食べちゃいけないんだ。

「食べたら、お水をいっぱい飲むのよ。そうすれば、おなかがふくれるから」

ママは、何度もトットに念を押《お》した。

「十五つぶかあ。じゃあ朝は三つぶにしよう」

そう決心して、学校に行く途中《とちゅう》にまず一つぶ食べた。

「ボリボリボリ」

奥歯《おくば》でかんでいると、一つぶめの大豆はあっという間に口の中から消えてしまった。それで二つぶめ。

「ボリボリボリ」

これもあっという間。気づいたら、もう一つぶ。

「あーあ。もう三つぶも食べちゃった」

学校に着いたトットは、ママに言われたとおりお水をたくさん飲んだ。

「さっき食べた大豆が、おなかの中で水をいっぱい吸ってふくらむんだわ」

トットは、おなかの中の様子を想像した。

「残りは十二つぶかあ」

トットは、大豆の入った封筒をズボンのポケットにしまった。

授業を受けていると、お昼ごろに空襲《くうしゅう》警報のサイレンが鳴った。トットたちは、校庭のすみっこにある防空壕《ぼうくうごう》に避難《ひなん》した。防空壕の入り口を閉めると、中はまっ暗になってしまう。最初のうちは体を丸めて息をひそめていたけど、なにもすることがないから、小さな声でお話をして時間をつぶした。

「アイスクリームを食べたことがある」とだれかが言って、トットも「私も」と言った。なかなか警報解除のサイレンが鳴ってくれない。まっ暗な防空壕の中では、どうしても大豆のことを考えてしまう。

トットは我慢《がまん》ができなくなって、ポケットから封筒を取り出すと、一気に二つぶ、落とさないように注意しながら口にねじこんだ。

「ボリ、ボリボリ」

いますぐに、残りぜんぶを食べたくなった。でも、もしいまこれを食べてしまったら、家に帰ってから、なにも食べるものがなくなってしまう。

「がまん、がまん……」

そう思いながら、トットは考えた。

「私はいま、大豆を十つぶ持っている。ひょっとしたら、もうすぐ、この防空壕に爆弾《ばくだん》が落ちて、みんな死んでしまうかもしれない。だったら、いま食べたほうがいいかもしれない」

「でも、防空壕には爆弾が落ちなくても、家が空襲で焼けてしまって、帰ったらパパもママも死んでしまっているかもしれない。そうなったらどうしよう。やっぱり残りの十つぶは、いまのうちに食べてしまったほうがいいのかなあ」

ぐるぐる、ぐるぐる、いろんなことを考えていると、トットは悲しくなってきた。

「家が焼けていないといいけど」

そう思いながら二つぶ食べた。

しばらくすると、「空襲警報解除」を知らせる声が聞こえてきて、トットたちはやっとのことで、防空壕から出ることができた。

「今日はもうこれで終わりです。帰っていいです」

先生にそう言われたけど、家が近づくにつれて焼けていないかが心配になってきた。でも、朝、出たときのままの家が見えてきて、ひと安心。

「ああ、よかった。家は燃えていないし、ママたちは生きている。それに、大豆もまだ八つぶ残っている」

トットは、ほっと胸をなでおろした。

おなかがすきすぎて眠れないときは、夢の献立《こんだて》を絵に描《か》いて遊んだ。この遊びはママが発明したもので、食べたいごちそうの絵を描いて、「いただきます」「もぐもぐ」「おかわり」なんて言いながら、食べるマネをする。あまい卵焼きや焼いたお肉の絵を描いて、「もぐもぐ」をくり返していた。

配給は海藻麵《かいそうめん》とかいうものになってきた。海辺に打ち上げられた厚い昆布《こんぶ》を粉にして、こんにゃくを、うどんのように長く伸《の》ばしたものに混ぜこんだのが海藻麵だ。なんか、カエルの卵みたいでやだったけど、仕方がない。もう調味料もなくなってきていたので、ただお湯でゆでて、カエルの卵をズルズルとするのだった。

冬の日曜日。トットは、小さいころから通っている洗足教会の日曜学校に出かけた。しとしと雨が降っていて、とても寒い朝だった。いつものように「寒いし、眠いし、おなかがすいた」とつぶやきながら歩いていたが、この言葉を口ずさみさえすれば、遠足かなにかをしている気分になれた。

風がビュービューと音を立てている。涙《なみだ》が少し出ていたかもしれない。トットは、とても変な顔をしていたんだと思う。

「おい、こら」

突然《とつぜん》、おまわりさんに呼び止められた。

「おまえ、なんで泣いてるんだ?」

トットは手で涙をぬぐいながら、

「寒いからです」

と答えた。するとおまわりさんは叫《さけ》んだ。

「戦地の兵隊さんのことを考えてみろ! 寒いぐらいで泣いていてどうする。そんなことで泣くな!」

あまりの怒《おこ》りようにトットはびっくりしたけど、「そうか、戦争のときは泣いてもいけないんだ」と思った。

「叱《しか》られるのは、やだ。泣くことも許されないのが戦争なんだ。寒くて、眠くて、おなかがすいても、泣かないでいましょう。だって、兵隊さんはもっともっとつらいんだから」
それが、トットにできる精いっぱいのことだった。

スルメ味の戦争責任

町のあちこちで長い行列を見かけるようになった。品物が店に入荷《にゅうか》したとわかると、あっという間に行列ができる。なにを売っているのかは二の次で、とにかく並んでおかなくてはと考えて、みんな行列をつくるのだった。

「ようやく自分の番が来たと思って喜んだら、お葬式《そうしき》の焼香《しょうこう》の列だったの」

いつだったか、ママがそんな落語みたいな話を聞かせてくれた。それを聞いたトットも「アハハハ」と声を出して笑った。そのころは、まだお店にも少しは売るものがあって、ママたちにも、失敗を笑い話に変えられる余裕《よゆう》があったのかもしれない。

そんなころの、自由ヶ丘駅前での出来事だ。

トモエ学園からの帰り道、電車に乗ろうとして駅前まで歩いてきたら、戦地に赴《おもむ》く兵隊さんが家族や町内の人たちに見送られて、出征《しゅっせい》の挨拶《あいさつ》をしていた。

「そうか、あの人は戦争に行くんだ」

このときはまだ、トットのパパも身近な人も兵隊に取られてはいなかった。だから、そこにいる人たちの気持ちを想像するのはむずかしかったけど、みんな自分の気持ちを押《お》し殺《ころ》しているような気がした。

「この旗を振《ふ》ってね」

はじめての光景を眺《なが》めていたトットの目の前に、日の丸の小旗と、こんがり焼けたスルメの足が一本差し出された。見上げると、知らない男の人がトットに向かって微笑《ほほえ》んでいる。

「なんだろう？　旗を振れば、スルメをもらえるのかな」

もちろんこのときも、おなかがペコペコだったから、トットは思わずスルメと日の丸を手に取った。

ママからはずっと「知らない人から、ものをもらってはいけません」と教わっていたけど、おなかがすきすぎて、スルメの誘惑《ゆうわく》には勝てなかった。まわりを見ると、大人も子どもも兵隊さんに向かって「バンザーイ！」と叫《さけ》びながら、旗を振っている。

「やっぱり。スルメは旗を振るともらえるお駄賃《だちん》なんだ」

トットはそう思って、まわりの人といっしょに「バンザーイ！」を叫び、一生懸命《いっしょうけんめい》に小旗を振った。

やがて、見送りの儀式《ぎしき》がひと通り終わり、兵隊さんは駅の中に消えていった。旗を振っていた人たちも、みんな駅前から去っていった。

まわりに人がいなくなったのを見計らって、トットはスルメの足を口につっこんだ。

この出来事があってから、トットは兵隊さんの出征式を心待ちにするようになった。トモエ学園は自由ヶ丘駅から目と鼻の先にある。授業中でも、駅のほうから兵隊さんを見送る「バンザーイ！」が聞こえてくると、トットはそっと教室を抜《ぬ》け出《だ》して、駅をめがけて走り出した。トモエはとても自由な校風だったから、勝手に教室を抜け出しても、とくに怒《おこ》られることはなかった。

トットは出征する兵隊さんのために、一生懸命日の丸の旗を振った。そのたびにスルメの足をもらっては、夢中になってそれをしゃぶった。

ところがあるときから、いくら旗を振ってもスルメがもらえなくなった。食料不足の波は、出征兵士を送る儀式にまで押し寄せてきたのだ。教室を抜け出して旗を振りにいってもスルメをもらえないとわかってから、トットはとってもがっかりして、出征式に行くのをやめてしまった。

でも、お駄賃代わりのスルメの味は、トットの記《き》憶《おく》にずっと残ることになった。

トットのパパは、昭和十九年の秋の終わりに、北支《ほくし》（いまの中国の華北《かほく》地方）に出征した。敗戦後はずっとシベリアの捕虜《ほりょ》収容所に抑留《よくりゅう》されていて、昭和二十四年の暮れに、トットたちが暮らす北千束の家に帰ってきた。アメリカの話をしてくれた田口の伯父《おじ》さまをはじめ、たくさんの大好きな人たちが、兵隊さんになって戦地に向かった。

戦争が終わると、帰ってきた兵隊さんも、帰らなかった兵隊さんもいた。戦争中はよくわからなかったけど、戦争が終わり、スルメをもらって万歳《ばんざい》をするのは、けっしてやってはならないことだと知った。

トットは考えた。

自由ヶ丘の駅前で、トットたちに見送られて戦地に向かった兵隊さんたちのうち、いったい何人が無事に日本に帰ってこられたのだろうか。

トットが日の丸の小旗を振って兵隊さんを見送ったのは、スルメの足が欲《ほ》しかったからだ。でも、兵隊さんたちは旗を振るトットのことを見て、「見送ってくれるこの子たちのために戦うんだ」と自分に言い聞かせて、戦地に赴いたのかもしれない。

もしそうなら、そしてその兵隊さんが戦死したなら、その責任の一端《いったん》はトットにもあるはずだし、スルメ欲しさに「バンザーイ！」と叫んだトットは、兵隊さんの気持ちを裏切っていたことにもなる。

大人になってから気づいたことだけど、この日の丸の小旗を振ったことをひどく後悔《こうかい》した。どんな理由があっても、戦いにいく人たちを「バンザーイ！」なんて言って見送るべきではなかった。スルメが欲しかったにしても、トットは無責任だった。そして、無責任だったことがトットが背負わなくてはならない「戦争責任」なのだと知った。

「ショウシュウ　レイジョウ　ガ　キタ」

昭和十九年の春、太平洋戦争が始まってから二年半が過ぎたころ、トットの家では、うれしい出来事と悲しい出来事が立て続けに起こった。

四月に妹の眞理《まり》ちゃんが生まれて、四人きょうだいになったのがうれしい出来事だ。ところが五月に、上の弟の明兒ちゃんが敗血症《はいけつしょう》で亡《な》くなってしまった。ついこのあいだまで元気に学校に通っていた明ちゃん。勉強もできて、ヴァイオリンも上手に弾《ひ》けて、トットと明ちゃんはいつもいっしょだったのに。ペニシリン一本あれば助かる命だったと、あとから聞いた。

でも奇妙《きみょう》なことに、トットは明ちゃんが死んだときのことを覚えていない。というより、明ちゃんのことを、なんにも覚えていない。「いつも肩《かた》を組んでいっしょに学校に行ってたじゃない」とママが言うぐらい、なかよしだったはずなのに、なぜかまったく記憶《きおく》がない。写真を見ても、「へーえ、こんな子だったんだ」と思うほどだ。きっとトットは、明ちゃんが死んだという事実を受け入れられず、明ちゃんの記憶を頭の中から追い出してしまったのだろう。だから、トットの記憶の中には、明ちゃんを失って悲しむママとパパの姿も残っていない。

明ちゃんは息を引き取る前に、「神さま、僕《ぼく》は天国に行きますけれど、どうぞこの家の人たちが、平和で楽しく暮らせるようにしてください」とはっきりした声で祈《いの》っていたと、あとからママに聞いた。

その年の夏、ママは疎開《そかい》する決意を固めた。まず考えなければならないのは、どこに疎開するかだった。東京生まれのパパには田舎《いなか》がなかったし、ママの故郷《ふるさと》の北海道は東京からは遠すぎた。そこでママは、パパを一人東京に残し、まだ小さい三人の子どもを連れて疎開先探しの旅に出たのだった。

最初の候補地は仙台《せんだい》だった。どうしてかというと、ママのパパ、つまりトットのおじいさまは、仙台にあるいまの東北大学《とうほくだいがく》医学部を卒業してお医者さんになったので、それなりに縁《えん》のある町だったからだ。

ママは、トットたちを引き連れて仙台駅に降りると、駅前をぐるりと一周した。ところが、ピンとひらめいたものがあったらしい。

「ダメだわ、絶対ここは空襲《くうしゅう》がある」

ママの予言は当たっていた。翌年の七月、仙台はB29の大空襲に見舞《みま》われ、市街地は見渡《みわた》す限りの焼け野原となった。北海道の大自然の中で生まれたママには、危険を察知する動物的な勘《かん》が備わっていたのかもしれない。

仙台への疎開をあきらめると、今度は福島へ向かった。福島駅に降り立つと、通りがかりの人に「このへんで疎開できそうなところはありませんか」と尋《たず》ねてまわった。「それなら飯坂《いいざか》温泉《おんせん》がいいべな」と教えられ、バスに揺《ゆ》られて飯坂温泉に到着《とうちゃく》した。

飯坂温泉に温泉客など一人もいなかった。トットが足の治療《ちりょう》のために湯河原温泉で過ごしたときは、町のいろんなところから湯気が出ていて、大人も子どももポカポカ上気《じょうき》した顔をしていて、とても活気があった。湯河原とのあまりの違《ちが》いにびっくりしたけど、考えてみればそのころは、戦況《せんきょう》もかなり悪化していたので、呑気《のんき》に温泉にやってくる人なんて、いなかったのだろう。

何軒《なんけん》かの旅館をまわって、疎開先を探していることを伝えると、ある旅館のおじさんが「うちの旅館のひと部屋を貸してやっぺい」と請《う》けあってくれた。ママはほっとしたように「よかったわねえ」と言って、トットの手を握《にぎ》った。でもそのとき、トットの目はあるものに釘《くぎ》づけになっていた。

親切なおじさんがはいている、ズボンともパンツともつかない、うすい小豆色《あずきいろ》のだらんとしたものはなんだろう？　トットたちがはく、ブルマーの長いのみたい。そのおじさんは夕涼《ゆうすず》みの最中だったのか、団扇《うちわ》をパタパタとあおぎながら立っていたけど、その長いブルマーをはいている姿が、二本足で立ち上がった動物園の動物みたいに見えた。

トットは好奇心《こうきしん》を抑《おさ》えられなくなってしまった。

「ママ、あのおじさまが、はいているのはなに？」

「あれは、サルマタというのよ」

ママが小声で教えてくれた。トットは「本当だ！　おじさんの足、サルみたい」と笑ってしまいそうになった。いまにして思えば、大人にしては少しだらしない格好だったけど、トットは「サルマタ」という響《ひび》きが気に入ったし、この温泉に疎開したら、東京とはまた違う楽しい人たちや、きれいな自然や、はじめて見る動物たちとも触《ふ》れあえるかもしれないと思った。

おじさんが勧《すす》めてくれた旅館の部屋は、とても広くて立派だった。食べものだって、東京に比べたらずっと手に入りやすそうだ。ママは「疎開はここに決めるわ」と言って、東京にいるパパに電報を打った。

パパからの返事はすぐに来たのだが、その電報を読むママの顔がみるみる凍《こお》りつき、トットたちは、すぐに荷物をまとめて東京に戻《もど》ることになった。

帰りの汽車の中でも、ママはずっときびしい顔をしていた。あとで知ったことだが、パパから届いた電報には、「ショウシュウ　レイジョウ　ガ　キタ」と書いてあった。

歩兵第一連隊の戦友さん

トットは、聞いたことのないような音がした気がして、夜中に目を覚ました。部屋の奥《おく》で肩《かた》を震《ふる》わせているママの、嗚咽《おえつ》する声だった。体の奥の振動《しんどう》が外に飛び出したみたいな、低くてざらついた音が聞こえてくる。パパもいっしょに泣いているようだ。

次の日の朝、「どうして泣いたの?」とママに聞いた。ママは表情を変えずに静かに言った。

「パパが兵隊に行くのよ」

当時の日本には徴兵制度《ちょうへいせいど》があった。パパも二十歳《はたち》のときに徴兵検査を受けていて、そのときの結果は、五段階の中で三番目の「丙種合格《へいしゅ》」だった。かろうじて合格だけど現役《げんえき》には適さないという評価だ。いちばん優秀《ゆうしゅう》なのが甲種《こうしゅ》合格で、その次が乙種《おつしゅ》合格。パパは、当時としてはスラッと背が高かったが、高すぎると軍服の支給に支障をきたすことがあるので、身長がある人は甲種ではなく乙種、丙種にされることが多かったらしい。

パパはたぶんそのせいで兵役《へいえき》を免《まぬか》れていた。というか、丙種の人は兵隊には行かなくていいはずだった。なのに、そんなパパにも「赤紙」と呼ばれる召集令状《しょうしゅうれいじょう》が届いたぐらいだから、戦況《せんきょう》はよっぽど悪化していたに違《ちが》いない。

あとになってママから聞いた話では、作曲家の山田耕筰《やまだこうさく》先生が「黒柳君は日本の音楽界にとって大切な人だから、なんとか戦地に行かずにすませることができないだろうか」と言って、ずいぶん骨を折ってくださっていたそうだ。パパは結婚前《けっこんまえ》に、山田先生が設立した日本交響楽協会《にほんこうきょうがくきょうかい》のオーケストラで演奏していたこともあり、先生にとてもかわいがられていた。ただ、考えてみれば、オーケストラのメンバーは次々と出征《しゅっせい》していたし、敵性音楽は演奏できなかったから、クラシックの演奏会は開きたくても開けない状況《じょうきょう》だった。

「軍歌を演奏してください」という依頼《いらい》が来ることがあった。ところが、音楽家として自分の演奏に誇《ほこ》りを持っていたパパは、「絶対に断ります」と言ったという。演奏すれば、お米、砂糖、羊羹《ようかん》なんかがもらえたというのに、どんなに食料がなくて、家族みんながおなかをすかせていても、パパは「軍歌はやらない」姿勢を貫《つらぬ》いた。ママも、「あら、じゃ、行かなくていいわよ」という感じで、「家族のために、そこをなんとか」なんて言わないところが、ママのすごいところだった。

パパの出征式は家の前で行われた。白い割烹着《かっぽうぎ》を着て国防婦人会の襷《たすき》をかけた女の人たちや、国民服を着たおじさんたちがやってきて、日の丸の小旗を集まった人たちに配っていた。軍服がぜんぜん板についていないパパがまん中にいて、みんなが万歳《ばんざい》を三唱するのを聞きながら、恐縮《きょうしゅく》したように何度も何度もお辞儀《じぎ》をしていた。

大勢の人に囲まれているのにヴァイオリンを持っていないパパを、トットはそのとき、はじめて見た。戦局は相当きびしくなっていたようだけど、くわしいことはだれも知らなかったので、見送られるパパにも見送るほうにも、あまり悲壮感《ひそうかん》がないのが救いだった。

パパは、いまの六本木《ろっぽんぎ》の東京ミッドタウンの場所にあった、陸軍歩兵第一連隊に入隊した。そして、一週間も経《た》たないうちに連隊から「もうすぐ出征するので面会に来てください」という連絡《れんらく》が届いた。

ママは「パパに面会ができるわ」と言って、どこかから小豆《あずき》を工面《くめん》してきた。出征のお祝いに配給になったお米を炊《た》いて、とっておきのわずかなお砂糖を使って、おはぎを作った。あまりあまくないおはぎだったけど、そんなおはぎでも、あのころはとても珍《めずら》しくて、どこに行ったって手に入らない大ごちそうだった。それから、トットと下の弟の紀明《のりあき》ちゃん、生まれたばかりの眞理ちゃんを連れて写真館に行き、母子四人の写真を撮《と》ってもらった。戦地に赴《おもむ》くパパに家族写真を渡《わた》すためだ。写真館で撮影《さつえい》をするなんて、トットには生まれてはじめてのことだった。

ママは、髪《かみ》を三つ編みにして頭にぐるりと巻きつけ、茶色のジャンパースカートみたいなモンペをはいて、眞理ちゃんを膝《ひざ》に抱《だ》いた。四歳《さい》の紀明ちゃんはあどけない顔で、毛糸の半ズボンをはいてママの横にぴったりとくっつき、小さい妹の手を握《にぎ》っていた。トットは、横分けにした柔《やわ》らかい髪の毛をパッチン留《ど》めでまとめ、白いブラウスに黒いズボンをはいていた。精いっぱいのおしゃれだった。ただ、せっかく写真館で撮ったのに、だれも笑顔《えがお》ではなかった。

面会の当日、おはぎと写真を持って歩兵第一連隊の兵舎に到着《とうちゃく》すると、すでにたくさんの家族で大混雑だった。でも、パパはすぐに見つかった。

「お父さま！」

「トット助！」

そう言いながら駆《か》け寄《よ》ってきたパパの姿に、トットは思わず目を見張った。頭は丸坊主《まるぼうず》だったし、カーキ色の軍服を着ていたけど、それがなんだかヨレヨレで、足もとがゲートルに地下《じか》足袋《たび》というのにも驚《おどろ》いた。家を出るときはいつもピシッとしたスーツ姿、ステージでは燕尾《えんび》服《ふく》にピカピカのエナメルの靴《くつ》がお似あいだったパパなのに。トットたちが知っているのとはあまりにも違《ちが》うパパの姿に、ママはちょっと涙《なみだ》ぐんでいた。トットは覚えていないけど、ママによると、パパの腰《こし》には水筒《すいとう》代《が》わりのビール瓶《びん》がぶら下がっていたそうだ。

「この人は、戦友だよ」

極度な人見知りのパパが、屈託《くったく》のない笑顔《えがお》を浮《う》かべて、一人の兵隊さんを紹介《しょうかい》してくれた。入隊するまではお魚屋さんだったそうだ。お世辞にも人づきあいが上手とはいえず、ママにべったりだったパパが、お魚屋さんのことを「戦友だよ」って言ってる。びっくりはしたけど、「見かけによらず順応性があるんだな」と感心したし、うれしくもあった。

トットは、兵隊さんになったパパに、さびしい気持ちにだけはなってほしくなかった。家族とはたくさんしゃべるのに、よその人とはしゃべらないパパに、ともだちができたのを見てほっとした。仕事を通して知りあった音楽家のともだちではない、普通《ふつう》の話をして気があって、それでできたパパのともだち。トットは、お魚屋さんに向かって、

「父を、よろしく、お願いします」

と言った。ちょっと大人っぽく聞こえるように。

お魚屋さんも、

「こちらこそ、いつもお世話になっています」

と笑顔で答えてくれた。パパよりも若い人だった。

親戚《しんせき》の人が面会に来るというお魚屋さんと別れて、パパとママ、トットと弟と妹は、兵舎の横の空き地に座《すわ》った。ママができたての家族写真をパパに渡すと、それを見たパパは、トットたちに小さい声でささやいた。

「ママ、きれいだね」

「パパ」「ママ」は敵国の言葉だから、人前では「お父さま」「お母さま」と言うように決めていたので、トットはドキッとした。でも、まわりに聞いている人はいなかった。パパは写真を大事そうに胸のポケットにしまいながら、トットたちに向かって、右の親指を上に向けるいつものポーズをした。ユーチューブの「グッドボタン」みたいな手のしぐさだ。いまでこそ見慣れたポーズだけど、あのころ親指を立てて「いいね」を表現するのは、パパぐらいのものだった。外国の音楽家たちと仕事をしていたパパは、そのしぐさをいつの間にか身につけていた。

家族水入らずで、トットたちはいろんなことを話した。パパはおはぎを口にしながら、「久しぶりにうまいものを食べた」と満足そう。トットたちが想像していたよりも、パパは何倍も元気そうだった。

あっという間に時間が過ぎて、パパが門のところまで送ってくれることになった。またここに来れば、パパと会えるのかな。トットはそんなふうに考えていたので、パパがトットたちに手を振《ふ》って、兵舎のほうに引き返そうとしたとき、

「さよなら三角！　また来て四角！」

と大きな声で叫《さけ》んでみた。トットたちのあいだではやっていたお別れの言葉だ。パパは、にっこりと微笑《ほほえ》んでから、今度は両手を高くあげて、さっきよりも大きく手を振った。トットたちも大きく手を振った。


パパと別れて歩き出したときだった。ヨレヨレじゃない軍服を着た、位《くらい》の高そうな軍人さんがスーッと近寄ってきて、ママの耳もとでささやいた。

「ご主人の部隊は一週間後、品川駅二十時発の夜行列車で出発します」

ママは驚《おどろ》いて「本当ですか？」と聞き返した。

「ただし、出発ホームには入れません。遠くのホームから見送ることになります」

軍人さんはそう言うと、なにごともなかったかのようにスーッと去っていった。

ママはトットたちに「ここで待ってて」と言うと、もう一度パパに会うために門の中に入っていった。そして、家族で品川駅まで見送りにいくこと、たくさんの兵隊さんの中で遠くからでも見分けがつくように、パパは軍隊からもらった日の丸の扇子《せんす》を振って合図を送ることを、話しあって戻《もど》ってきた。

それにしても、どうしてそんな秘密を、その人が教えてくれたのかはわからなかった。トットたち家族が悲しそうに見えたからか、それともママが美人だったからなのか。でも、教えてくれたことは本当だった。

パパの出征《しゅっせい》

パパが戦地に出発するその夜、幼い眞理ちゃんと紀明ちゃんを近所の人に預けると、トットとママは品川駅に向かった。夜の品川駅は、灯火管制でまっ暗だった。

トットたちと同じような家族が二十組ほど集まっている。「ここで見送ってください」と言われた山手線《やまのてせん》のホームから、パパたちがいるはずの遠くのホームを見渡《みわた》すと、うす明かりの中で兵隊さんたちが夜行列車に乗りこんでいるのが見えた。でも、遠すぎるし暗すぎるし、顔の見分けがつかない。

パパはきっと日の丸の扇子《せんす》を振《ふ》ってくれるはずだ。「お父さまー」とできる限りの声を張り上げて、遠くにぼんやりと見える兵隊さんたちに手を振った。ほかの家族の人たちも同じように声を上げて、手を振った。

すると、列車に乗りこんだ兵隊さんたちが、いっせいに日の丸の扇子を開き、こちらに向け

「寒いし、眠いし、おなかがすいた」

て振りはじめた。おそろいの日の丸の扇子を目印にしたのは、パパとママの失敗だった。もしかすると、一生のお別れになるかもしれない。トットは、どの人がパパなのかをどうしても知りたかった。トットたちの姿を目に焼きつけてほしかった。

トットとママは、血眼《ちまなこ》になってパパを捜《さが》した。あの人かなと思ってこちらが手を振ると、その人もこっちに振っているように思えたし、こっちかなと思って手を振ると、その人もこっちに振っているように思えた。ほかの人たちも口々に「あれがお父さんよね」などと言いながら必死に捜していた。結局、一人だけ扇子の振り方のリズムが独特な人がいたので、トットとママは「あれがパパに違《ちが》いない」と決めた。トットたちが手を振ると、その扇子だけが大きく揺《ゆ》れるように見えた。

やがて、列車が少しずつ走り出した。それにあわせてトットとママも必死で手を振り、人とぶつかりながらホームのいちばんはしまで走って、パパへのお別れを告げた。夜行列車は、夜の闇《やみ》の中に消えていった。

「絶対にあの人がお父さまだったわ」

トットとママはそう言いながら、ホームよりもさらに暗い品川駅の地下通路を歩いていた。ザクザクという音が聞こえてきて、トットたちの近くを別の兵隊さんたちが行進していくのがわかった。

ところが、兵隊さんたちのために道を空けようとしたとき、トットは通路のはしに掘《ほ》られたドブに落ちてしまった。まっ暗な中で膝《ひざ》までズブリとつかったトットのすぐ横を、ザクザクと兵隊さんが通りすぎていく。

「お母さま！」

トットは悲鳴を上げた。すると、ザクザクと足音高く行進している兵隊さんの隊列から、叫《さけ》び声《ごえ》が聞こえてきた。

「徹子！」

驚《おどろ》いて顔を上げると、なんとそこにはパパが立っていた！　パパの部隊は、これから列車に乗りこむところだった。

夢ではないかと思った。思わずパパの手をつかむと、それはまぎれもなく、トットが大好きな、骨が太くて指の長い、大きな大きなパパの手だった。

「お母さま、ここにお父さまが！」

トットは声を張り上げてママを呼んだ。

あわてて駆《か》け寄《よ》ってきたママは、パパがそこにいることにびっくりして、喜んだ。でも、一言二言交《か》わしただけで、パパは急いで隊列に戻《もど》り、また歩き出した。トットたちはもう一度、パパを見送るために山手線のホームへ戻った。

ホームは、やはり顔の見分けがつかないほど暗かったけど、ママは言った。

「だいじょうぶよ。ほかの人と見分けがつくように、扇子を指揮棒のように振ってちょうだいって、パパに言っておいたから」

ママの言葉どおり、いっせいに日の丸の扇子を振る兵隊さんの中に、一人だけ指揮棒のように振る人が見えた。トットとママは、パパに違いないその人に懸命《けんめい》に手を振って、正真正銘《しょうしんしょうめい》のお別れを告げた。

もしもトットがドブに落ちなかったら、「お母さま！」と大声を上げなかったら、いや、トットがドブに落ちるのと、パパの部隊がトットの横を通りすぎるのが、ほんの数秒でもずれていたら、トットとママは、別の兵隊さんをパパだと思いこんだまま、家に帰ったはずだ。パパはパパで、トットたちがとっくに帰ってしまったホームに向かって、きっと家族がいるはずだと必死に扇子を振りながら、出征するところだった。

ふだんから、穴が開いてるところとか工事をしてるところとか、危なっかしいところをわざわざ選んで歩くのがトットの歩き方で、大人からいつも注意されていたけど、あの夜ばかりはそんな自分をほめてあげたかった。品川駅でのパパとの再会は、神さまの計らいとしか思えなかった。

パパがあのとき、いつもの「トット助」ではなくて「徹子」と呼んだのは、まわりの人に聞かれるのが恥《は》ずかしかったからなのかな。戦地に赴《おもむ》いたパパからは、一度だけ便りがあったけど、「軍事郵便」と赤く印刷されたはがきに「みんな元気ですか。お父さんはお国のために働いています。体に気をつけてがんばってください」という当《あ》たり障《さわ》りのない文面が書かれているだけだった。検閲《けんえつ》されるので仕方がなかったのだろう。

その後、パパからの便りはピタリと途絶《とだ》えてしまった。

東京大空襲《とうきょうだいくうしゅう》

庭にあった温室のまん中に深い穴を掘《ほ》って、防空壕《ぼうくうごう》として使っていた。パパとママが自分たちで掘った穴なので、そんなに大きくはなかったけど、空襲警報のサイレンが鳴ると、家族みんなでそこに入って息をひそめていた。東京への空襲は、パパが出征《しゅっせい》してから急に激しくなってきて、連日のように、東京のどこかがB29の空襲を受けるようになった。

その晩もサイレンが鳴ると、いつものように防空壕に避難《ひなん》した。零時《れいじ》過ぎぐらいの遅《おそ》い時間だったと思う。防空壕に入るのも毎晩のことになっていたので、寝不足《ねぶそく》状態が続き、早く警報解除のサイレンが鳴らないかばかりを考えていた。

だけど、その夜だけは少し様子が違《ちが》った。

外がやけに明るかった。防空壕の隙間《すきま》から空を見上げると、空が一面まっ赤に染まっているのがわかった。焼夷弾《しょういだん》が落ちて火事になって、空が赤くなるのはそれまでに何度も見ていたけど、その夜の空は恐《おそ》ろしいほどの赤さだった。

あまりの明るさに、トットは防空壕を飛び出して家に戻《もど》り、ランドセルから本を出して庭のまん中で広げてみた。そうしたら、ちゃんと本が読めた。夜なのにこんなに明るいんだから、家のすぐ近くが大火事になっているに違いない。トットは、防空壕の中にいるママに言った。

「ママ、大変よ。本が読めるぐらい外が明るいの。きっと大岡山のあたりが火事になってるんだわ」

その声を聞いて外に出てきたママは、ひときわ赤くなっている空の一角を凝視《ぎょうし》していて、「だいじょうぶ」と自信ありげに言った。

「夜の火事は近くに見えるけど、ほんとはもっと遠くなのよ。だからだいじょうぶ」

そんな知識を、ママがどうして持っていたのかはわからない。でも、その言葉を聞いてトットは少しだけ安心した。

その晩は寒さと空腹でまんじりともせずに過ごした。翌朝、疲《つか》れはてているところに、隣《となり》組《ぐみ》の人がやってきた。

「一軒《けん》から一人、男の人がシャベルを持って集まってください」

「夫は出征していて、大人の男はいません」

「それでは、シャベルだけ貸してもらえますか」

「それはかまいませんけど、どうしたんですか」

「昨日《きのう》の空襲で、下町のほうがだいぶ燃えてしまいました。大勢の方が亡《な》くなったようなので、これからみんなで遺体の整理をしにいくのです」

昭和二十年三月十日、悪夢のような一夜が明けた。三百機近くのB29が、深川《ふかがわ》や本所《ほんじょ》のあたりを中心に焼夷弾の雨を降らせ、一晩で十万人近い人が犠牲《ぎせい》になった。

東京大空襲。

前の晩に空がまっ赤になったのは、そのせいだとわかった。

あのまっ赤に焼けた空のことは、いまも脳裏《のうり》に焼きついて離《はな》れない。トットの家があった北千束のあたりから下町のほうまで行くには、いまだって電車で一時間ぐらいかかる。そんなに遠くの火事なのに、庭で本が読めるほど明るかったなんて、どれほどひどい空襲だったのだろうか。

アメリカは、木と紙でできている日本家屋を攻撃《こうげき》するには、建物を爆発《ばくはつ》で破壊《はかい》する爆弾よりも、火をつけて焼《や》き払《はら》う焼夷弾がふさわしいと考えていたということが、戦争が終わってから明らかになった。B29から落とされた焼夷弾は、いくつにも分かれて火がついて落ちていくように設計されていた。

ママは、これ以上東京にいるのは危険だという最終判断を下した。

「もう、ここは危ないわ。できるだけ早く疎開《そかい》しましょう。リンゴやお野菜を送ってくれた、沼畑のおじさんのところを訪ねましょう」

疎開の準備が始まった。

まずは身のまわりの整理をしなくてはならない。持っていけるものが限られるからだ。トットには大切なものが二つあった。一つは、パパが紀元二六〇〇年の祝賀演奏旅行で満州《まんしゅう》に行ったときのお土産《みやげ》の、大きなクマのぬいぐるみだった。パパはその演奏旅行で、清朝《しんちょう》のラストエンペラーで、のちに満州国の皇帝《こうてい》になった、愛新覚羅溥儀《あいしんかくらふぎ》から頼《たの》まれて演奏したという。トットは、そのぬいぐるみを「クマちゃん」と呼んでいた。

もう一つは、もっと小さいとき、アメリカ帰りの伯父《おじ》さまからもらった、白黒のクマのぬいぐるみだ。空襲警報のときも、リュックに詰《つ》めて防空壕に連れていっていたので、疎開にもどうしても連れていきたかった。クマちゃんのほうは、「荷物になるから、あきらめなさい」というママの一言で置いていくことになったけど、白黒のクマは連れていくことに決めた。

ママが持っていくことにしたのは、家族の写真、パパの演奏会の写真やプログラムなどの思い出の品々だった。荷物がまとまるとママは、応接セットのソファーの、ゴブラン織りの布をザクザクと切り取りはじめた。ロココ調の柄《がら》がとても素敵《すてき》だったけど、ママはそれで荷物をくるんで、ふろしき代わりに使うことにした。大切なものを包んで、パンパンに丸くなったゴブラン織りのふろしき包みは、まるでサンタクロースの袋《ふくろ》みたいだった。

「待ってててね。すぐに帰ってくるから」

クマちゃんをパパの座《すわ》っていた椅子《いす》に座らせて、トットたちは北千束の家をあとにした。

トット、疎開《そかい》する

一人ぼっちの夜行列車

ガタンゴトン、ガタンゴトン。

トットは、まっ暗闇《くらやみ》の中を走る青森行きの列車に揺《ゆ》られていた。窓の外はなにも見えない。二人がけ座席のまん中に座《すわ》っていたけど、トットの両どなりにいるのは、ママでも紀明《のりあき》ちゃんでも眞理《まり》ちゃんでもなくて、知らないおばさんとおじさんだった。一人ぼっちのトットの右の手のひらには、ママから渡《わた》された列車の切符《きっぷ》と「上野《うえの》、福島《ふくしま》、仙台《せんだい》、盛岡《もりおか》、尻内《しりうち》」と書かれた紙が握《にぎ》られていた。

戦争が終わる年の、三月半《なか》ばのことだった。

その日の朝、トットは、ママと紀明ちゃんとまだ一歳《さい》にならない眞理ちゃんと、四人で上野駅に向かった。上野駅は人であふれかえっていた。たくさんの荷物を抱《かか》えた大人たちが、ドドドッという地響《じひび》きのような音を立てて、われ先にと改札口に向かう。ママは背中にリュックを背負い、左手で紀明ちゃんの手を引き、眞理ちゃんをだっこ紐《ひも》を使って胸のところで抱え、右手に大きなカバンを提《さ》げていた。トットが紀明ちゃんと手をつなごうとしたら、「じゃまだ！」

と見知らぬおじさんがぶつかってきて、トットは転びそうになった。

「危ないっ」

トットが声を上げると、

「万が一はぐれてしまっても、とにかく青森行きの列車に乗るのよ。そしてかならず尻内駅で降りて、お母さまと紀明ちゃんと眞理ちゃんを捜《さが》してちょうだい」

ママはそう言って、トットの手に「上野、福島、仙台、盛岡、尻内」と書いた紙と、列車の切符を握らせた。怖《こわ》いぐらい真剣《しんけん》な表情だった。「尻内」はいまの「八戸《はちのへ》」のことだ。

改札口からホームに向かうのが大変だった。ママの後ろにくっついているつもりが、左右からぎゅうぎゅうと押《お》されて、気づけば見知らぬおじさんたちに囲まれていた。トットの顔のところにいろんな荷物が当たって、痛かったし、息苦しかった。自分の足で歩いているというよりも、大人たちの荷物にはさまれたまま運ばれている感じがして、なんだかとても怖かった。

ママたちがどんどん離《はな》れていく。どうしよう。列車が見えてくると、大人たちの足はさらに速くなった。

「きゃあ」

トットは、ホームの反対側にはじき飛ばされて尻もちをついた。尻もちをついたまま列車のほうに目をやると、人を押しのけて列車に乗りこむ人や、荷物を窓から投げ入れる人たちが見えた。

ママたちは列車に乗ってしまったみたいだ。

どうしよう……。

出発を知らせる駅員さんの声がホームに響いたそのとき、列車の窓越《まどご》しにママたちが見えた。ママと目があった。

「尻内駅で待ってる」

ママの口は、たしかにそう動いているように見えた。

山盛りの人を乗せた列車が、ブオーッという汽笛を鳴らして出発した。あれほど人であふれかえっていたホームが、一気にがらんどうになった。


「次の青森行きは何時ですか？」

トットは忙《いそが》しそうにしている駅員さんに声をかけた。

「今日は臨時列車がないから、次は夜の八時だけれど、お嬢《じょう》さんは一人で青森まで行くのかい？」

「はい、さっきの汽車に乗れなかったんで、家族とは、尻内駅で待ちあわせをする約束をしました」

トットがそう言うと、駅員さんは「大変だねえ」と同情した口ぶりになり、

「ホームに入れる時間になったら教えてあげるから、そのへんで待っているといいよ」

と言ってくれた。

東北本線《とうほくほんせん》のホームは、ピストン運動をしているみたいだった。上り列車が到着《とうちゃく》して乗客を降ろすと、その列車にまた人を乗せて出発していく。トットが、ホームのすみっこで青森行きを待っているあいだも、「宇都宮《うつのみや》行き」とか「白河《しらかわ》行き」が出発して、そのたびにホームは、イモ洗いみたいになったり、がらんどうになったりをくり返した。

たくさんの人が行き来するのを眺《なが》めているうちに、すっかり夜になった。

「そろそろ、あそこで並べるからね。気をつけて」

さっきの駅員さんが教えてくれた。言われたとおりにホームの乗車口の先頭で待つことにした。しばらくすると、ドドドッという足音とともに人が大勢押しかけてきた。「あ、またた」と思って体を硬《かた》くすると、女の人から、「押されないように、しっかり立って」と声をかけられた。見上げると、リンゴのような赤いほっぺのおばさんが微笑《ほほえ》んでいた。

青森行きの列車の扉《とびら》が開くと、トットは「えいっ」と列車に飛び乗った。あとからどんどん人が入ってくる。通路の奥《おく》のほうに押されて、つぶされそうだと思ったら、さっきのリンゴのほっぺのおばさんがトットの手をぱっと取って、二人がけの席のまん中に座らせてくれた。

「お嬢ちゃんは細いから、ここに座れるでしょ」

トットの体は、おばさんの腕《うで》に抱えられ、座席のまん中にすっぽりと収まった。

まわりを見ると、四人がけのボックス席に大人が六人ずつ座っていた。座席の足もとにも

二、三人ずつ座りこんでいたし、通路も人がぎゅうぎゅう詰《づ》め。トットは運よく席に座れたけど、席という席、床《ゆか》という床が、一瞬《いっしゅん》のうちに人で埋《う》め尽《つ》くされた。

ブオ――ッ。

蒸気機関車が汽笛を鳴らし、キーキーと機械がこすれる音がした。上野発青森行きの鈍行《どんこう》列車は、まっ暗闇《くらやみ》の中を北に向かって走りはじめた。尻内には翌日のお昼過ぎに到着する予定だった。ママたちに、ちゃんと会えるだろうか。トットの、それから大勢の人たちの不安を乗せて重たくなった列車は、ゆっくりとスピードを上げた。

おしっこがしたい

みんな無言だった。

空襲《くうしゅう》にあうかもしれなかったから、列車の中も家と同じように灯火管制が敷《し》かれていた。まだ春が始まったばかりでとても寒かったし、おなかもすいていたし、トットは、せっかく座《すわ》れたのだから眠《ねむ》ってしまおうと思った。でも、三等車の座席は木でできた硬《かた》い長椅子《ながいす》で、足もとから列車の振動《しんどう》が伝わるので、しばらくするとお尻《しり》が痛くなってきた。

緊張《きんちょう》していたんだと思う。どんなに目を固くつぶっても、なかなか眠れなかった。仕方がないからリュックを開けて、大好きな白黒のぬいぐるみをなでた。それが、トットの持ってきた中でいちばん柔《やわ》らかいもので、触《ふ》れているだけで少し気持ちが落ち着いた。

駅に停《と》まると、窓からヒョイと荷物が投げこまれて、そのあとから「ごめんなさい」と言いながら人が上ってきた。十分おきぐらいにどこかの駅に停まったけど、トットはそのたびに、だれかが窓から入ってくるんじゃないかと身がまえた。

駅に着くたびにハラハラしていると、今度は反対に「では失礼」と窓から降りていく人もいた。ボックス席の足もとに座っている人たちは、乗ってくる人の手を取ったり、降りる人に荷物を手渡《てわた》したり。上野を出発したばかりのころは、みんながピリピリしていたけど、自分の居場所を確保してしまうと、あとは不思議と協力的だった。

トットは、おしっこがしたくなった。疎開先《そかいさき》を探して仙台や福島に行ったときも、東北本線には乗ったことがあったし、車両のはしにお手洗いがあるのもわかっていた。でも、この大混雑の中で、うまくお手洗いにたどり着けるだろうか。

トットがモジモジしていると、トットを座らせてくれた窓側のおばさんに「どうしたの?」と聞かれた。

「おしっこがしたいんです」

そう言うとおばさんは、青森のリンゴのようなほっぺたをもっと紅潮させた。

「次の駅に着いたら、私がやり方を教えてあげるから、それまで我慢《がまん》できる？」

「できます」

「駅に停まってるあいだに、窓からすればいいんだよ。私が手をつかんでてあげるから、だいじょうぶ」

えっ！　窓からおしっこ？　そんな恥《は》ずかしいこと、できるかなあ。

トットは窓からは無理だと思ったので、とにかくお手洗いに行こうと思って立ち上がった。

「すみません。通してください」

トットは通路に座っている人たちをかき分けて、お手洗いを目指した。車両の中は申し訳程度の電灯しかついていなくて、足もとがよく見えなかったから、天井《てんじょう》を取っちゃって月の光に照らされたほうが、百倍ぐらい明るくなると思った。

乗客の人たちはみんな親切だった。

「ほら、そっち空けてやんな」

「女の子がそっちに行くよ」

そんなふうに声をかけあってくれた。

道を空けてくれたおじさんがトットに、「一人なのかい？」と聞いた。本当は一人だったけど「一人です」なんて言ったら、人さらいに連れていかれてママたちに会えなくなるのが怖《こわ》か

ったから、

「いいえ、となりの車両に兄がいます」

と答えた。トットが子どものころ、もっとも恐《おそ》れていたのが「人さらい」だったので、さらわれないようにと嘘《うそ》をついたのだ。トットが想像していた「人さらい」は、赤いマントを羽織っていたけど、その夜行列車の中には、マントなんていう洒落《しゃれ》たものを身につけている人は、一人もいなかった。

トットは、やっとお手洗いの前にたどり着いた。でも、着いたら着いたで、目の前がまっ暗になってしまった。お手洗いの扉《とびら》は開いていて、扉の前にもお手洗いの中にも隙間《すきま》なく人が座っている。「すみません。用を足したいので、どいていただけますか？」なんてどうしても言い出せなかった。そもそも、便器の向こうにも男の人が座っていた。

ダメだ、あきらめよう。また「すみません」「すみません」とくり返しながらもとの席に戻《もど》った。

「お便所は使えたかい？」とおばさんに聞かれた。

「人がいっぱいで、できませんでした」

トットが答えると、おばさんは「そうだべ」と言って、ニヤッと笑った。

数分後、列車がどこかの駅に停まった。

するとおばさんは、突然《とつぜん》座席の上に立ち上がり、力いっぱい窓を開け放つと、モンペを下ろして裸《はだか》のお尻を窓の外に突《つ》き出《だ》した。

「ほら、こうすればいいのさ」

シャ——。

まっ暗闇《くらやみ》に向かって、勢いよく飛び散る音がした。うす暗い車両の中で、おばさんの白い太ももがぼんやりと光っている。白い膝《ひざ》がトットの顔のすぐ横にある。トットがあっけに取られていると、おばさんは一瞬《いっしゅん》でモンペを腰《こし》の位置まで戻した。早業《はやわざ》だった。

「暗いから、だれにも見られないよ」

おばさんはそう言うと、トットの頭を窓の外に押《お》した。トットが窓の左右に目をやると、いくつかの丸くて白いものが突き出されているのがわかった。

「駅に停まっている時間は短いから、お嬢《じょう》ちゃんも次の駅でするといいよ」

みっともないとか、恥ずかしいとか、そんなことは言っていられない。トットが窓からおしっこをしようと、だれも気にしない。だれも叱《しか》らない。むしろ、我慢しすぎて漏《も》らしてしまったほうが、よっぽど迷惑《めいわく》がかかるに違《ちが》いない。

次の駅に着いたとき、となりのおばさんは黙《だま》って窓を開けると、トットに窓ぎわの席を貸してくれた。トットがモンペを下ろしてお尻を窓の外に突き出したときは、落っこちないように左手をつかんでいてくれた。トットは空いている右手で、窓枠《まどわく》をぎゅっと握《にぎ》りしめた。

ひんやりした風が、トットのお尻をなでる。

シャ――。

勢いよくおしっこが出て、列車の壁《かべ》に当たる音がした。手を握ってくれているおばさんのほかには、だれもトットのことを見ていなかった。

生まれてはじめて、トットはお手洗いではないところで用を足した。でも、恥ずかしくもなんともなかった。

窓からおしっこ！

明日ママに、この話をしなくちゃ！

ママたちは朝には尻内に着くはずだけど、いまごろはどこを走っているのかな。

紀明ちゃんはおとなしくしてるかな。眞理ちゃんはぐずってないかな。

そんなことを考えているうちに、トットはすうっと眠りに落ちた。


「お母さま！」


トットはちょっぴり怖《こわ》い夢を見た。

リンゴのほっぺのおばさんが、夢にうなされているトットの、肩《かた》を叩《たた》いて起こしてくれた。

窓から見える朝焼けがとてもきれいだった。

おばさんは盛岡駅で降りた。おしっこのとき以外は、ほとんどなにも話さなかった。この列車に乗っている人は、みんなそれぞれの事情があることが子どもも心にもわかっていたから、トットにも気になることがたくさんあったけど、おばさんと少し話をした以外はだいたい黙《だま》っていた。

おばさんは降りるとき、荷物の中から、くしゃくしゃの新聞紙に包まれたものを取り出し、トットの手のひらに渡《わた》してくれた。ゆでたジャガイモだった。列車が走り出すと、トットはおイモのにおいをクンクンと嗅《か》いだ。はしっこをちょっとかじると、もうそれだけでおいしくてやさしいものがのどを通っていくようで、そこから先は食べることに夢中になった。

前に座《すわ》っているおじさんの視線に気づいたのは、食べ終わってからだった。なんだか急に恥《は》ずかしくなって、「失礼しました」と言った。窓の外には、雪が解けたばかりの茶色い田んぼが広がっていて、その奥《おく》にまだ雪の残っている森や山があった。森も山も、東京よりずっと深い色をしていた。

汽車は諏訪《すわ》ノ平駅《たいらえき》に停車した。それまでに停《と》まった駅と比べても、とりわけ小さな駅だった。何年か前に、ママの里帰りのときに知りあった沼畑《ぬまはた》のおじさんが、この駅で降りたことをぼんやりと覚えていた。トットが、沼畑のおじさんのところに行くのに、なんで諏訪ノ平じゃなくて尻内まで行くんだろうと思っていると、汽車はまた、ブオーッと汽笛を鳴らして走り出した。

三十分ほどで、乗りかえのホームもある大きな駅に着いた。

ホームから「しりうちー、しりうちー」という声が聞こえると、トットはママたちに会えるうれしさで、走るようにしてホームに降り立った。

頰《ほお》をなでる風はひんやりとしていて、大きく深呼吸をすると、それまでに味わったことのないような、ちょっと冷たくて青く澄《す》んだ味がした。

案内板の矢印のとおりに歩いていくと、二本ぐらいレールを渡ったところで、遠くから「徹《てつ》子《こ》さーん」と呼ぶなつかしい声が聞こえてきた。

改札の向こうにママたちがいる！　トットは、ポケットの中に大切にしまっておいた切符《きっぷ》を駅員さんに渡すと、一目散《いちもくさん》にママのもとへ駆《か》け出《だ》した。

「お母さま！」

眞理ちゃんをおぶって、紀明ちゃんと左手をつないだママは、右手を広げてトットを受け止めた。上野駅で別れてから、まる一日が過ぎていた。

「ママたちは午前中に着いたから、市場に行って食べものを買ってきたの」

そう言って、竹の皮に包まれた麦と玄米《げんまい》のおにぎりを見せてくれた。

「わあー」

白いごはんではなかったけど、ちゃんとしたお米のおにぎりを見るのは久しぶりだったから、思わず声が出た。

「あそこの長椅子《ながいす》で食べましょう。駅のお手洗いに水道もあるから、手を洗って、お水も飲んでいらっしゃい。紀明ちゃんといっしょに」

そして、家族水入らずで大きな梅干しのおにぎりを食べた。トットは、汽車の中の出来事をママに話した。汽車が超満員《ちょうまんいん》だったこと。みんな窓から出入りしていたこと。汽車のお手洗いが使えなくて、おばさんが窓からおしっこをするのを教えてくれたこと。トットのほかにも白いお尻《しり》が、窓からいくつも見えてたこと。朝焼けがきれいだったこと。おばさんがゆでたジャガイモをくれたこと。

すると紀明ちゃんが「いいなあ、おイモ」と言った。

「紀明ちゃん、さっきも見たでしょう。ここは東京と違《ちが》って安全だし、食べものもたくさんあるの。住むところが決まれば、おなかいっぱい食べられるようにママもがんばって働くから、それまでの辛抱《しんぼう》よ」

ママはそう言って、紀明ちゃんをなだめた。

みんな二十四時間近く、ほとんど眠《ねむ》らずに汽車に乗り続け、くたくたに疲《つか》れていた。

「今日は旅館に泊《と》まって、長旅の疲れを取るのよ。沼畑のおじさんのところに行くのは明日にしましょう」

ママはトットが着くまでのあいだに、泊まるところの手配もすませてくれていた。汽車の中では心細かったけど、いまはすぐそばにママがいて、紀明ちゃんも眞理ちゃんもニコニコと笑っている。空襲警報《くうしゅうけいほう》も聞こえない。ここでなら、「お母さま」ではなく「ママ」と呼んでも、「敵国の言葉を使うな！」なんて怒《おこ》られないだろうという気がした。トットは、東京にはない普通《ふつう》の生活が待っているのかもしれないと思った。

キリストの伝説

「じつは沼畑のおじさんの家に行く前に、行っておきたい場所があるの」

朝起きると、ママがそんなことを言い出した。

バスで二時間ぐらい行った戸来《へらい》というところに、イエスさまのお墓があるらしい。そういえば東京にいるときから、ママは、キリストのお墓が沼畑のおじさんのお家《うち》の近くにあると言っていた。ゴルゴダの丘《おか》で磔《はりつけ》にされたキリストは、じつはキリストの弟で、本当のキリストはひそかに日本に渡《わた》り、その戸来で百六歳《さい》の生涯《しょうがい》を閉じたという説があるらしい。ママも本当だとは思ってないみたいだったけど、これもなにかのお導きのような気がするとかなんとか、説明してくれた。

キリスト教の信者だったママは、そういう伝説が生まれた場所を自分の目で見てみたい、せっかく近くまで来たなら、ついでに立ち寄りたいと思ったらしい。さすがはママ！　これで、諏訪ノ平ではなく尻内に来た謎《なぞ》が解けたと、トットは思った。でも、キリストさまが東北弁をしゃべる人のところに来るかなあと、ちょっと不思議な気がした。

尻内から戸来まで、バスで行くことになった。運転席の前が、カバの頭のように突《つ》き出《で》たバスは、トットたちと地元の人たちを乗せて、ゆっくりと走りはじめた。座席はかなり埋《う》まっている。みんなも大きな荷物を抱《かか》えていて、トットたちを珍《めずら》しそうにジロジロと見ていた。

降りる人が「おつる、おつる」と言いながら奥《おく》の座席から出てきたので、トットは落ちるのかと思ったけど、どうやら降りることを「おつる」と言うのだとわかった。バスガールの人が「おつるひとがしんでから乗ってけれ」と言ったので、びっくりしたら、それは「降りる人がすんでから乗ってください」ということだとわかった。

バスがどんどん山奥に入っても、田んぼや畑の光景がとぎれることはなかった。トットが、こんな山奥にも農家の人たちが暮らしてるんだと驚《おどろ》いていたら、今度は、手綱《たづな》を引かれた馬がポッカポッカと歩いてくるのが見えた。背中の両わきに野菜なんかをぶら下げている。

「わあ、馬だ！」

トットは、動物では犬とキツネの次ぐらいに馬が好きだった。北海道でお医者さんをしているおじいさまといっしょに、馬車に乗ったことはあったけど、このときはじめて荷役に使われている馬を見た。

窓から顔を出して馬を見送っていると、馬のお尻《しり》のほうから、大きいお団子みたいなものが地面に落ちた。思わず「やだ!」と口に出してしまった。すると、トットの後ろに座《すわ》っていた男の人が、「なんだあ、馬っ子見るの、はずめてか?」と言って、大きな声でワッハッハと笑った。窓の外を振《ふ》り返《かえ》ると、馬の通ったあとには、藁《わら》を土で固めたような馬糞《ばふん》が大きい順に並んでいた。

それにしても昔の人は、どうしてこんな山奥に住もうとしたんだろう。バスが坂道を登ったり降りたりして、一人また一人と降りていくたびに、トットはそう思った。バスを降りる人の中には、腰《こし》の曲がったおじいさんやおばあさんもいた。みんなモンペをはいて、手ぬぐいを首から下げている人もいれば、頭からかぶっている人もいた。手が茶色くてシワシワで、みんな指が太かった。働く人の手だと思った。

トットたちは、キリストの墓にいちばん近いというバス停で降りた。行き方がわからないので、バス停のすぐ近くにある民家に声をかけた。

「ごめんください。キリストの墓に行きたいんですが、道を教えていただけますか」

玄関《げんかん》の土間《どま》のところで、大きな声でママが言うと、奥からのそのそと、色黒のおじさんが現れて、

「子ども連れでご苦労さん。キリストの墓はこっからすぐだから、案内するべえ」

と言ってくれた。これまでにもそういう人がいたからなのか、こういうことには慣れているようだ。そして、ママもトットも大きな荷物を抱えていたので、家に置いていくようにと親切に言ってくれた。

ママはカバンを置いて眞理ちゃんをおぶり、トットと紀明ちゃんは手をつないで坂道を上った。道すがらおじさんは、戦争が始まる前は、墓を拝む人が全国からやってきたことや、昔から戸来にあるしきたりに、キリスト教との共通点があることを教えてくれた。

「ほれ、ここ」

おじさんが指差すほうを見ると、くねくねとした坂道の先に小高い丘があった。

「この上に、二つの土まんじゅうがあるすけ。右がキリストの墓で、左がキリストの弟イスキリの墓だすけ」

おじさんはそう教えてくれた。

ママはゆっくりと石段を上った。二つの土まんじゅうには、野の花が供えられている。ママは右側の土まんじゅうを見つめ、胸のところで両手を組んで、目を閉じて「アーメン」とつぶやいた。ママの背中に太陽の光が当たり、後ろにまとめた髪《かみ》の毛《け》が輝《かがや》いて見えた。丘の向こうは崖《がけ》になっていて、川の流れる音がする。どこからか小鳥のさえずりも聞こえてきた。

平和な時間だった。本当にキリストのお墓なのかどうかは、どうでもよくなった。戦争になって、明児《めいじ》ちゃんが死んで、パパが兵隊に取られて、思い出のたくさん詰《つ》まった北千束《きたせんぞく》の家をあとにした。どんなにつらいことがあっても、祈《いの》ることも、弱音を吐《は》くことも、泣くこともできなかったけど、ママは、キリストのお墓の前でとてもおだやかな顔をしている。

戦争はいつか終わる。きっとまた家族で暮らせる平和な日々がやってくる。

黙《だま》って祈り続けるママを見つめていたら、トットはなぜだかわからないけど、自分の心に力がわいてくるのを感じた。

ただ、イエスさまは本当に日本に来たのかなあ。トットは小さいときからずっと教会の日曜学校に通っていたけど、そんな話を聞いたことはなかった。でもそのことは、ママには言わなかった。

バス停までの道を下っていくと、おじさんの奥さんらしい人が立っているのが見えた。手を振《ふ》っている奥さんの足もとには、トットたちの荷物が置いてある。帰る時間を見計らって、荷物をバス停まで運んでくれたようだ。

「本当に、ありがとうございました」

ママはていねいにお辞儀《じぎ》をした。トットも、見知らぬ土地に来てすぐ、こんな人たちに出会えたなんて、なんだか幸先《さいさき》がいいなあと思った。親切な二人にお辞儀をして、帰りのバスに乗りこんだ。

ちなみに、キリスト兄弟の墓はいまも戸来にあって、最近は観光地としても注目されているらしい。

リンゴ小屋の大改造

バスが尻内に近づくにつれて、ママは妙《みょう》にそわそわしはじめた。鏡を見たり、髪《かみ》の毛《け》をとかしたり、鼻をかんだり、沼畑のおじさんからの手紙を読み返したり。トットはピンと来た。ママは口では「さあ、いよいよ諏訪ノ平よ」と言っているけど、沼畑のおじさんは、トットたちを家にいさせてくれるんだろうかと、心配しているに違《ちが》いなかった。

親戚《しんせき》でもない親子が突然《とつぜん》訪ねていくのが非常識だということは、トットにも十分わかっていた。でも、上野を出発してからの三日間、トットたちはずいぶんいろんな人に助けられた。自分たちだけでなんとかしようなんて思っていたら、絶対にここまで来られなかったし、キリストのお墓でお祈《いの》りをすることもできなかった。沼畑のおじさんも、トットたちを受け入れてくれるといいんだけど……。トットはそう願わずにいられなかった。

尻内駅前でバスを降りた。東北本線の時刻表を見ると、なんとか陽《ひ》のあるうちに沼畑のおじさんの家に着けそうだ。ママは「沼畑のおじさんを頼《たよ》ると決めたんだから」と、自分に言い聞かせるみたいに言った。

尻内から列車で三駅。トットたちは諏訪ノ平駅に到着《とうちゃく》した。駅員さんに沼畑のおじさんの住所を見せたら、だいたいの行き方を教えてくれた。歩いて三十分ぐらいかかるという。駅員さんに言われたとおりに歩いていくと、青物市場みたいな建物があって、その前のドブみたいな穴にまっ赤なリンゴが落ちていた。

「あっ、リンゴ！」

トットはうれしくて、思わず声を上げた。大急ぎでリンゴを拾いあげたら、ママに、

「こんなに人通りの多いところに落ちてるってことは、沼畑のおじさんのところに行けば、もっとちゃんとしたのがあるってことじゃない？」

と言われた。

「ちゃんとしたのがあったら捨てる！」

トットはそう反論したけど、よく見ると、そのリンゴには黒くて腐《くさ》ったみたいなところがあった。それでも、トットはリンゴを握《にぎ》りしめて、親子四人の先頭に立って、駅員さんに教えられた道を迷わないように、おそるおそる進んでいった。だんだん暗くなってきたけど、ぽつりぽつりとある家の窓から漏《も》れる光を頼りにした。空襲《くうしゅう》がないのはいいなあと、つくづく思った。やがて、いかにも農家らしい大きな家が見えてきて、それが沼畑のおじさんの家だった。

「ごめんください」

ママが言うと、奥《おく》さんらしい人が出てきたので、「リンゴや野菜を送っていただいた、東京の黒柳《くろやなぎ》です」と言ってから、事情を説明した。やがて奥からおじさんが現れ、「くわしいことは、あとでいいべ」とトットたちを招き入れてくれた。トットはほっとして、拾ったリンゴを玄関《げんかん》の外に置いた。

親子四人で突然押《お》しかけたのに、白いごはんとお汁《しる》、お魚の干物《ひもの》とお漬物《つけもの》、それから果物の夜ごはんをごちそうしてくれた。久しぶりの白いごはんのおいしさをかみしめながら、ママの心配は取《と》り越《こ》し苦労《ぐろう》かもしれないと思った。白いごはんをはじめて見た眞理ちゃんは、「これ、なあに？」とママに聞いていた。

「物置でもどこでもいいので、家族四人が暮らせるようなところはないでしょうか」

ママはいろいろな事情を話して、一生懸命《いっしょうけんめい》お願いをしていた。その日はおじさんの家で、家族四人並んで眠《ねむ》った。

あくる日、ママは朝からがんばった。家が決まらないと学校にも通えないので、おじさんといっしょに村じゅうの家を訪ねて、住むところを借りられないか聞いてまわった。

そして、あるリンゴ農家の作業小屋を借りることになった。リンゴ畑のまん中にある、リンゴを集めて荷作りをしたり、リンゴ泥棒《どろぼう》を見張ったりするための小屋で、八畳《じょう》ぐらいの広さだった。屋根は藁葺《わらぶ》き、板張りの壁《かべ》は隙間《すきま》だらけで、明かりは石油ランプしかない。でもママは、「窓からも天井《てんじょう》からも、太陽の光が射《さ》してくるなんて素敵《すてき》ね」とうれしそうにしていた。「ものは考えよう」とはこういうことをいうのかと、トットは感心した。

「お布団《ふとん》も、台所用具も分けていただいた。すぐそばには大きな川もあるし、飲み水はとなりの製材所からいただけばいい。生活するには十分よ」

ママはやる気に満ちあふれていた。リンゴ小屋のリフォームに取り組むママは、持ち前の魔《ま》法使《ほうつか》いぶりを発揮した。リンゴ箱を逆さにしたかと思うと、その上に綿や藁を敷《し》きつめ、荷物をまとめるふろしき代わりに使ったゴブラン織りの布をかぶせ、上から釘《くぎ》を打った。箱のまわりに余り布をフリルみたいにして垂らすと、ロココ調のおしゃれな椅子《いす》のできあがり。

近所の人から分けてもらったシーツは、絵の具でうすいグリーンに塗《ぬ》った。そこにリンゴの絵をたくさん描《か》いて壁に飾《かざ》ると、立派なタペストリーになった。一メートルぐらい高くなっている床《ゆか》は、子ども用のベッドに変身した。殺風景だったリンゴ小屋が、北千束の家みたいな雰《ふん》囲気《いき》に生まれ変わった。

家のリフォームの次は家庭菜園だ。ママは雪解けを待ちかねるかのように、「畑を作りましょう！」と宣言した。眞理ちゃんはママに背負われていつもニコニコしていたし、トットも紀明ちゃんも家のまわりを耕すのを手伝った。ママは野菜の種や苗《なえ》も調達してきて、それをまいたり、植えたりした。季節は春だったし、トモエ学園《がくえん》の授業みたいで楽しかった。

どんな花が咲《さ》くのかな。どんな野菜ができるのかな。トモエのみんなは元気かな。

「いっしょに、やるんだよ」

土をいじりながら空を見上げると、空の向こうからトモエ学園の小林《こばやし》先生の声が聞こえてくるような気がした。

ママ大奮闘《だいふんとう》！

いつの間にかママは、農協みたいなところにお勤めをするようになった。リンゴ小屋の窓から野菜を背負って建物に入っていく人たちを見て、あそこで働こうと考えたようだ。

「お給料以外にも、つぶれたリンゴとかジャガイモとかを、いらないから持って帰りなさいって、もらえるかもしれないでしょう」

お勤めは生まれてはじめてだったけど、当たってくだけろの精神がママにはあった。農協の面接では、「ソロバンできますか?」と聞かれたらしい。音楽学校中退でそのまま結婚《けっこん》したのに、「はい、できます」と答えて、しっかり雇《やと》ってもらった。

幸いソロバンは経理の人がやってくれることになって、ママはほっと胸をなでおろした。でも、農協の雑用でもらうお給料だけではやっていけなかったので、夜は、近所の人たちの服を縫《ぬ》う内職をした。ミシンがないので手縫いだった。でも、ママがスタイルブックを見ながら作る洋服は、トットの目から見ても素敵《すてき》だった。

疎開《そかい》したばかりのころのトットは、全身のおできに悩《なや》まされていた。海藻麺《かいそうめん》しか食べていなかったせいか、栄養失調になり、おできが大量発生してしまったのだ。

ひょう疽《そ》にも苦しめられた。ひょう疽は、手足の爪《つめ》のあいだに細菌《さいきん》が入りこんで膿《うみ》がたまる病気で、これも栄養失調が原因だった。いまでは、ひょう疽になる人はとても少なくなったけど、これが飛び上がるほどに痛い。体じゅうのおできと、ひょう疽のズキンズキンを、トットは歯を食いしばって我慢《がまん》した。戦争中だから、病院に行っても薬をもらえるわけではなかったし、トットだけではなく、みんな我慢して生きていた。

そんなトットを見て、ママはタンパク質をとらせなくてはならないと考えたようだ。トットたち母子は、諏訪ノ平でとれる果物や野菜を、二つの籠《かご》いっぱいにつめこむと、にわか仕立《じた》てのかつぎ屋さんになって、汽車を乗りついで八戸港を目指した。港に着くと漁船の船員さんたちに、「ごめんくださいませ。東京から来た者でございますけど、お野菜とお魚を交換《こうかん》していただけないでしょうか」と物々交換のお願いをした。すると、港の人たちは気前よく「いい、持ってけ」と言って、果物や野菜を、とれたてのお魚と交換してくれた。

ママはさっそく煮魚《にざかな》を作ってくれた。お肉が大好きだったパパの影響《えいきょう》で、トットはそれまであまりお魚を食べたことがなかった。頭や尻尾《しっぽ》のあたりを食べるのには勇気がいったけど、おっかなびっくり口に運ぶと、脂《あぶら》が乗っていてとてもおいしかった。煮魚を食べはじめると三日もしないうちに、全身のおできがみるみる減りはじめ、十日ほどで完治した。タンパク質効果は、すごい！

ママの環境《かんきょう》適応力には、いま思い出しても本当に感心させられる。おかげで疎開先の人たちと良好な関係を築くことができたし、トットも紀明ちゃんも新しい環境に溶《と》けこむことができたのだ。

ママはトットたちを前にして言った。

「遊びにいったお家《うち》で晩ごはんの時間になって、ごはんを食べませんかって言われたら、ありがとうございますと言って食べてくるのよ」

トットはとまどった。東京で暮らしていたころは、「どんなに勧《すす》められても、晩ごはんはうちに帰ってから食べますとおっしゃい」と、きつく申《もう》し渡《わた》されていたから。

「よそのお家でごちそうになってはいけませんって、言ってたじゃない」

トットがそう言うと、ママは即答《そくとう》した。

「うちで食べるより、よそのお家のほうが、栄養豊富な、いいおかずがあるでしょう？」

それは本当だった。リンゴ小屋でママが作る晩ごはんは、野菜がたっぷり入ったすいとん汁《じる》や蒸《む》したジャガイモが多かった。名物の南部《なんぶ》せんべいをくだいて、すいとん代わりにしたお汁もたまに食べた。ときには煮魚も食べたし、東京の食事に比べたら天国だったけど、白いごははんはめったに食べられなかったし、卵や鶏肉《とりにく》も口にしたことがなかった。

ママから「晩ごはんはよそのお家で」と言われてから、紀明ちゃんは夕方になるといそいそと、ともだちの家に出かけるようになった。五歳《さい》の弟は、かわいい顔立ちでとても愛嬌《あいきょう》があったから、よその家に遊びにいくと、決まって「坊《ぼっ》ちゃん、うちで食ってけ」と勧められた。いろんなものをごちそうになって、紀明ちゃんはご満悦《まんえつ》だった。

ママから「紀明ちゃんを捜《さが》してらっしゃい。どこかのお家でごちそうになっているに違《ちが》いないから」と言われて、人の家の囲炉裏《いろり》に座《すわ》って楽しそうに晩ごはんを食べている弟を発見したこともある。そのときは外でしゃがんで、紀明ちゃんが出てくるのを待つことにした。

トットもおなかがペコペコだったけど、「私も」とは言い出せなかった。紀明ちゃんが外に出てくると、お家の人に「あ、どうも」と言って、連れて帰った。よその家で食事する機会が増えると、紀明ちゃんの栄養状態も目に見えてよくなっていった。

「ジンジョッコ描《か》いてけろ」

トットは、諏訪ノ平から汽車で一駅、三戸《さんのへ》の学校に通うことになった。汽車は、一日に七本しかない。朝、リンゴ小屋から二十分かけて諏訪ノ平駅に着くと、そこから汽車で五分。三戸駅から学校までの道のりは歩いて三十分ぐらいだった。駅のまわりにはあまり建物がなくて、町並みは駅から少し離《はな》れたところにあった。

三戸の町は、南部藩《なんぶはん》の三戸城が建っている城山のふもとに広がっていた。トットの学校もそこにあったけど、そのころはあまり勉強をすることがなくて、袋貼《ふくろは》りや農作業などの勤労奉《ほう》仕《し》をして、毎日を過ごしていた。

はじめて学校に行った日のこと、トットが机に座《すわ》ると、すぐに周囲からの視線を感じた。新入生のトットのことを、珍《めずら》しそうに遠巻きに眺《なが》めている。トットは、どうしたらみんなとともだちになれるかを考えた結果、ノートを広げて絵を描くことにした。

すると、何人かの女の子が近寄ってきて、口々に「ベコ描いてけろ」「犬描いてけろ」なんて言いはじめた。ベコは牛って知っていたから、絵がうまいわけじゃなかったけど、ともだちを作るためだから必死になって牛を描いた。なんだか、とてもやせた牛だったのに、みんなは「うめー」と感心してくれた。

よかった！　これで、ともだちができそう、なんて思っていたら、女の子がトットに言った。

「ジンジョッコ描いてけろ」

え、ジンジョッコ？　いったいなんのことだろう。トットは、聞いたこともない言葉にとまどった。でも「なんのこと？」と言ってしまうと、せっかくの楽しい雰囲気《ふんいき》が台なしになりそうだった。

トットは考えたすえ、その女の子にノートを渡《わた》して、三戸ふうに言ってみた。

「おめえのジンジョッコ、描いてみろ？」

女の子はノートに絵を描きはじめた。横からのぞくと、おかっぱ頭のお人形さんのような絵を描いている。

青森では「人形」のことを「ジンジョ」っていうんだわ。

作戦は大成功。トットが、リボンを頭につけたお人形さんの絵を描くと、またしても「うめーな」という声が周囲から聞こえてきた。

これをきっかけに、トットは教室に溶《と》けこむことができた。最初はなにを言っているのかよくわからなかった言葉も、一週間もするとわかるようになった。

「ジンジョッコ描いてけろ」の女の子とはとてもなかよしになった。勉強がよくできる、かわいらしい女の子で、トットはその子といつもいっしょにいた。

勤労奉仕の袋貼りは、収穫前《しゅうかくまえ》のリンゴの実を虫から守るためのものだ。「あぎて、いやんなった」と言って教室から逃《に》げ出《だ》す子もいたけど、トットは一人になっても、飽《あ》きることなく袋貼りをがんばった。

雑誌のページをバラしたのを、爪《つめ》でしごいて整える。数枚を少しずつずらして並べて、サッとうすく糊《のり》をつけて、一枚ずつ次々と袋の形にしていく。ともだちは教室から出ていくとき、かならずトットに「あぎねーのか?」と聞いたけど、そのたびに「あぎねー」と答えて、いつまでも袋を貼り続けた。

肥《こえ》だめに入っているものを、山の上の畑まで運ぶという勤労奉仕もした。じつはトットは、その勤労奉仕がそんなには嫌《きら》いじゃなくて、むしろ率先《そっせん》してやっていた。ただ、天秤棒《てんびんぼう》を担《かつ》ぐときに、後ろではなくて前になりたいとは思った。後ろだと途中《とちゅう》で転んだりしたときに、桶《おけ》の中のものを、かぶるかもしれないと考えたからだ。

果たせるかな、天秤棒の縄《なわ》が切れたことがある。坂の途中《とちゅう》で後ろの子がかぶってしまい、なんともかわいそうだった。トットはその子を、学校にいる先生のところまで連れていった。


トットたちが疎開《そかい》してきた三月は、まだ梅の花ぐらいしか咲《さ》いていなかったけど、四月の終わりぐらいになると一気にいろんな花が咲きはじめた。

三戸城跡《じょうあと》は「城山公園《しろやまこうえん》」と呼ばれていて、このあたりでは有名な桜の名所だ。ともだちに誘《さそ》われて城山公園の桜を見にいったとき、広場にはたくさん人が集まっていた。

「本当なら甘酒《あまざけ》だのお団子だの屋台が並ぶんだけど、戦争でそれがなくなった」

ともだちが言った。城山公園は、洗足池《せんぞくいけ》の公園より何倍も大きくて、東京でもよく見たソメイヨシノが咲いていた。ソメイヨシノが終わると、濃《こ》いピンクの八重桜《やえざくら》や、黄色い御衣黄桜《ぎょいこうざくら》が咲きはじめる。八重桜と御衣黄桜は花びらがフリルのようで、トットは、そのかわいさの

親戚《しんせき》の子のお下がりのセーラー服を着ていた。

虜《とりこ》になってしまった。

三戸の人たちは、この城山公園を自分たちのお守りみたいに思っているのか、授業ではあまりくわしく歴史を教えてくれない先生も、このお山に昔どんなふうにお城が建っていたのか、家臣の家がどこに並んでいて、敵を撃退《げきたい》するためにどんな工夫《くふう》がされていたのか、資料を見ながら教えてくれたことがあった。そこに載《の》っていた城山の絵は、ナメクジみたいな形をしていた。ソメイヨシノが満開になるころには、ナメクジの背中のところが、薄紅色《うすべにいろ》の雲をかぶったようにふわふわになった。

桜が終わると、白いリンゴの花が咲きはじめる。リンゴの花が散って小さな実をつける六月になると、トットたちが作った虫除《むしよ》け袋《ぶくろ》の出番になった。このあたりはサクランボの栽培《さいばい》もさかんで、農協に勤めているママが、つぶのふぞろいなサクランボを持って帰ってくることがあった。形が悪くても味は変わらないから、うれしいお土産《みやげ》だった。


トットは一人で城山公園に来たこともある。まだお城があったときのことや、そこから見下ろす眺めを想像した。お城の上からは、きっと田んぼや畑がよく見えたんだろうなあと考えたら、キリストの里に向かうバスの窓から見た風景を思い出した。あのときは、ここの人たちはどうして山奥《やまおく》に暮らしているんだろうと不思議な気持ちになったけど、先祖代々の土地に愛着を持っているからなんだと、合点《がてん》がいった。

故郷《ふるさと》っていいな。

東京に帰りたいな。いつか帰れるのかな。

ともだちもできたし、青森での暮らしにも慣れてきた。でも、たまに東京のことを思い出して、「帰《けえ》りてえなあ」と北千東の家をなつかしく思った。空襲《くうしゅう》の心配はなかったけど、昔のような自由な暮らしとはほど遠かった。

北千東の家が空襲で焼けたとトットが知ったのは、ちょうどこのころのことだった。

九死に一生を得る

諏訪ノ平での暮らしもようやく落ち着いたころ、ママは、音楽学校時代に下宿していた東京の麹町《こうじまち》にある叔父《おじ》さまの家と、手紙のやりとりを始めた。叔父さまが脳溢血《のういっけつ》で倒《たお》れてしまい、家族で疎開《そかい》したいから諏訪ノ平に家を探してくれないかと、頼《たの》まれたからだった。

ママはこのときもがんばって、なんとか受け入れ先を探してきた。一ヵ月ぐらい経《た》つと、叔父さまは一家四人で諏訪ノ平にやってきたが、それだけでは終わらない。ママを頼《たよ》りにする親《しん》戚《せき》たちが続々と集まってきて、夏には十人を超《こ》える親族一同が諏訪ノ平に大集合となった。みんな東京の人たちで、疎開するところがなかったのだ。

北海道の滝川《たきかわ》で暮らしているママのパパ、つまりトットのおじいさまが狭心症《きょうしんしょう》の発作《ほっさ》で亡《な》くなったのは、そんな夏のことだった。電報で連絡《れんらく》を受けたママは、大あわてでトットたち三人の子どもを連れて北海道へ向かった。

そのころ、本州と北海道の往復は文字どおりの命がけの旅だった。青森から函館《はこだて》までの津軽《つがる》海峡《かいきょう》を渡《わた》る青函連絡船《せいかんれんらくせん》は、爆撃機《ばくげきき》や潜水艦《せんすいかん》の標的になりやすい。おまけに切符《きっぷ》がなかなか買えない。トットたちは汽車から船に乗りかえる連絡通路で一泊《ぱく》して、どうにか連絡船に乗ることができた。

さらに函館で汽車に乗りかえて、そこから何時間もかけて滝川の家にたどり着いた。開業医だったおじいさまはもうお骨《こつ》になっていたけど、かたづけやらなにやらで、そのまま何日か滞《たい》在《ざい》した。そのあいだに、ママは考えたんだと思う。母親のめんどうを見るのは長女の役目だからと、ママのママ、トットにとってはおばあさまを諏訪ノ平に連れていくことになった。

おばあさまは不思議な人だった。大正時代に仙台のミッションスクールに通っていたお嬢《じょう》さまで、おばあさまの実家では、「ごはんを自分で炊《た》かなくてはならないような家には、お嫁《よめ》に出さない」と決めていたそうだ。嫁《とつ》いだ相手がお医者さんで、それなりに裕福《ゆうふく》な暮らしができた。暇《ひま》さえあれば聖書を開いているような、本当におっとりとしたおばあさまだったけど、苦手な炊事《すいじ》や洗濯《せんたく》は、ぜんぶ看護師さんやお手伝いさんがしてくれていた。

ママとおばあさまに子どもが三人、ぜんぶで五人連れになって函館まで戻《もど》ってきたのはいいけど、函館駅は帰りもまた、青函連絡船に乗ろうとする人たちで大混雑だった。新聞紙を敷《し》いて「もう三日も船さ乗れねえ」と言っている人がいたし、七輪《しちりん》で煮炊《にた》きをしている人もいた。

トットたちはいつも手をつないでいた。防空頭巾《ずきん》をかぶり、身を寄せあって行動した。おばあさまはずっと聖書を抱《だ》きしめながら、ブツブツとお祈《いの》りの言葉を口にしていた。

連絡船に乗ると、船長さんがなにを思ったかトットに話しかけてきて、「敵が海中に設置した機雷《きらい》に触《ふ》れたら、この船は一発で沈没《ちんぼつ》してしまう」と言った。トットは心配になってずっと船の上から海面を見守っていた。

船は機雷に触れることなく青森に到着《とうちゃく》したが、東北本線のホームは、またしても大混雑だった。ダイヤが大幅《おおはば》に乱れていて、いくら待っても汽車が来ない。そのうち、乗りかえなしで諏訪ノ平まで行く汽車は、明日の朝まで来ないと説明があった。

「仕方がないわね。みんなも疲《つか》れているし、とりあえず一晩駅で過ごして、朝一番の汽車に乗りましょう」

ママがそう言っているところに、汽車がホームに入ってきた。トットはなぜだかわからないけど、乗りたいと強く思った。

「お母さま、これに乗りましょうよ」

ママは即座《そくざ》に「ダメよ」と言った。

「この汽車は尻内までしか行かないから」

「尻内までもいいじゃない」

「この混雑でしょ。尻内から次の列車に乗ろうとしても、乗れないかもしれないから」

いつもなら、ママの言うことに従うトットだけど、このときは、この汽車に乗って一刻も早く青森駅から離《はな》れたほうがいいと思った。

「尻内からだったら、歩いてもそんなに大変な距離《きょり》じゃないわ」

トットはそう言い張って、列車の乗り口にある鉄製の取っ手につかまり、「乗る、乗る、乗るっ！」と駄々《だだ》をこねた。子どもっぽい態度だったけど、いつになく強情《ごうじょう》なトットにママも折れて、五人はその汽車に乗りこんだ。

尻内に到着したときは、陽《ひ》もとっぷりと暮れていた。諏訪ノ平に向かう汽車はいつになったらやってくるのかわからないまま、尻内駅の小さな待合室で眠《ねむ》れない夜を過ごした。

わずかな地響《じひび》きを感じた。あとになって知ったけど、これが七月二十八日の青森大空襲《あおもりだいくうしゅう》だった。B29から落とされた何万発もの焼夷弾《しょういだん》が青森の町に降り注ぎ、千人以上の人が亡《な》くなり、市街地の大半が焼失《しょうしつ》した。もしあのまま青森駅で一夜を明かしていたら、トットたち家族もどうなっていたかわからない。知らない町で逃《に》げまどう自分たちの姿を想像して、ぞっとした。

九死に一生を得たトットたちは、尻内に到着した折り返しの汽車に乗って、なんとか諏訪ノ平までたどり着くことができた。ふだんはママの野性の勘《かん》を頼りにしているトットが、なぜあのときだけ「この汽車に乗らなければならない」と思ったのか、いまでも不思議でならない。

青物市場の思い出

昭和二十年八月十五日。その日は朝から諏訪ノ平駅前がざわついていて、大人たちがひそひそ話をしていた。

「たまげたラジオ放送があるらしい」

お昼前になると、大人たちがぞろぞろと諏訪ノ平駅方面に向かっていく。トットも気になって、青物市場の長屋《ながや》から駅のほうに歩いていった。

強い日差しの中、お店に置いてあるラジオを取り囲むように集まった人たちは、みんな息をひそめて、天皇陛下の声に耳を傾《かたむ》けていた。大人たちの輪のはしっこで、トットも懸命《けんめい》にラジオの声を聞いたけど、なにを言っているのかさっぱりわからない。

放送が終わった。大人たちは口々に「戦争が終わるべさ」と話している。そばにいたおじさんのシャツをひっぱりながら「戦争が終わるって、ホント?」と聞いたら、おじさんはちょっとあいまいな顔をしながらうなずいた。

ママに知らせなくちゃと思ったけど、農協で働いている時間だった。本当に戦争が終わるのかどうか確信が持てなかったので、沼畑のおじさんのところに行って聞いてみようと思った。走りに走っておじさんの家にたどり着き、息を切らせて、

「おじさん、戦争が終わるの？」

と聞いたら、

「んだ、終わるず」

という返事があった。

トットは、ほっとした。うれしいというよりも安心したというほうが、ぴったりくるかもしれない。これでもう空襲《くうしゅう》はないはずだし、きっとパパが帰ってくるし、東京に戻《もど》れるかもしれないし、なんて次々に思ったら、だんだんうれしくなってきた。

トットは、おじさんの家からリンゴ小屋までスキップをしながら帰った。

戦争は終わったけど、東京に帰る家はなかった。

トットたちは、リンゴ小屋から駅前の長屋に引《ひ》っ越《こ》しをした。大雨で川が氾濫《はんらん》を起こし、リンゴ小屋が水浸《みずびた》しになってしまったからだ。新しい家は諏訪ノ平駅にぐんと近くなって、青物市場のすぐとなり。学校に通いやすいのが楽ちんだった。

諏訪ノ平の青物市場には遠方から買い出しに来る人が少なくなかったが、そういう人たちは

朝一番の汽車で来ることが多かった。東京方面からやってくる人もいて、ある朝、トットが学校に出かけようとして外に出ると、小柄《こがら》なおじさんが立っていた。となりの青物市場に買い出しに来たようだったけど、なんだか東京の人みたいだった。

「私が夕方の汽車で帰るまでに、このお米を炊《た》いてもらうことはできますか？」

手には、麻袋《あさぶくろ》が握《にぎ》られている。その中にお米が入っているんだろう。トットは、突然《とつぜん》のことにちょっと驚《おどろ》いたが、すぐにママを呼んで、「このおじさんがお願いがあるみたい」と言って家を出た。

学校から帰ってきたときも、諏訪ノ平駅でそのおじさんが大きな籠《かご》を背負っているのを見かけた。家に帰って「ママ、あのおじさんのお米炊いたの？」と聞くと、ママは涼《すず》しい顔で「炊いたわよ」と言った。戦争が終わってもお米はまだ配給制で、外出する仕事の人の中には、自分が食べるぶんのお米を飯盒《はんごう》に入れて持ち歩き、出かけた先で炊く人が少なくなかった。炊いてからおにぎりにして持ち歩くと、気候によっては腐《くさ》ってしまうこともある。大切なお米を大事に食べるために、それぞれが工夫《くふう》をこらしていた。

次の日、トットが学校に行こうとすると、長屋の前に四、五人のおじさんが並んでいた。

「こちらでごはんを炊いてもらえると聞きました。ぜひお願いします」

それ以来ママは、農協の仕事と並行《へいこう》して、ごはんを炊いておにぎりを作り、夕方、竹の皮に包んで渡《わた》すというボランティアのようなことを始めた。おばあさまがいっしょに暮らしていたから、ごはんを炊くのはおばあさまに頼《たの》めればよかったけど、おばあさまは生まれてこの方一度もごはんを炊いたことがなかったのだった。トットは、大人なのにごはんが炊けない人をはじめて見た。

ママは、そんなおばあさまにお米の炊き方を教えることもなく、時間をやりくりして黙々《もくもく》と、遠方から買い物に来る人たちのためにおにぎりを作り続けていた。「いくらですか」と聞かれても、ママは「いくらです」なんて言えなかった。言いよどんでいると「こころざし」ということで、いくばくかのお代を置いていってくれた。

そんなことが続くようになって、ママは決断を下す。預かったお米を炊いて、おにぎりにするだけのボランティアはやめにして、ごはんにお味噌汁《みそしる》や焼き魚のおかずをつけて、定食みたいにして食べてもらう商売を思いついた。

「ごはん炊きます」

ママはそう書いた紙を扉《とびら》に貼《は》った。七輪《しちりん》、鍋《なべ》、まな板、包丁、食器などを調達して、長屋の土間《どま》の部分を食堂にすることにした。戦争が終わると青物市場は、日に日ににぎやかさを取り戻していたが、食事をする場所がなかったから、ママのお店はあっという間に大人気店になった。

おかずの魚は、毎朝、八戸から売りに来る活《い》きのいいものを買った。でもママは、それだけでは飽《あ》きたらず、陸奥湊駅《むつみなとえき》まで汽車に乗って出かけていっては、日持ちのするスルメイカなどを仕入れてきた。陸奥湊の駅前には、「イサバ（五十集《いさば》）」と呼ばれる魚を扱《あつか》う業種の人たちが大勢集まる、市場のような通りがあったのだ。

トットも、ママといっしょに買い出しを手伝ったことがある。陸奥湊は、尻内で八戸線に乗りかえて四つめ。乗りつぎがうまくいかないと、片道一時間以上かかることもあったけど、駅を降りると、道ばたにただ台を置いただけみたいなところに、いろんな種類のお魚や貝や干物《ひもの》なんかが並んでいた。駅の近くの海産物がずらりと並ぶその通りは、とても活気があってトットは大好きだった。

おもしろかったのは、そこで働いているのが「カッチャ」と呼ばれるおばさんばかりだったことだ。漁師は男の仕事と相場が決まっていたけど、夜中に漁に出て朝戻ってきたときは、もうクタクタになっていた。だから、仕分けなどを終えたら、そこから先の客商売は女の人の出番になるのだった。

陸奥湊の「イサバのカッチャ」は、みんな元気がよくて親切だった。どの魚が旬《しゅん》で、どんな調理をしたらおいしいかとか、いろんなことを教えてくれた。そんな中で、ママが「まとめて買うから安くしてください」なんて言って値切る姿を見たときは、「たくましくなったなあ」と感心した。市場ではカッチャから魚の情報を仕入れ、お店では東京の情報を仕入れ、ママの定食屋さんは一石二鳥にも三鳥にもなる新商売だった。

そのうちにママは、定食屋さんだけでなく、野菜や果物から海産物まで、食料品ならなんでも扱う行商人としての手腕《しゅわん》も発揮しはじめた。日銭《ひぜに》商売だから、お金はどんどん入ってくる。ママから聞いた話では、夜中にゴソゴソと音がして目が覚めたとき、おばあさまがお札を伸《の》ばしてゴムで留《と》めている姿を目撃《もくげき》したことがあるらしい。

「クリスチャンのおばあさまなんだから、お金は天に積むんじゃないの？」

おばあさまがお札を数えているのがおかしくて、ママはそう声をかけた。するとおばあさまは、ニコニコしながら、

「お金ってありがたいじゃない」

と答えたそうだ。おばあさまは厳格なクリスチャンで、「天に宝を積みなさい」が口癖《くちぐせ》の人だった。そんなおばあさまでさえ「この世的な」喜びを感じた札束は、いったいどれほどの厚みがあったのだろう？

青物市場の一角に、芝居小屋《しばいごや》がかかったこともある。

戦争が終わった次の年、春の雪解け水で川を渡《わた》る橋が冠水《かんすい》して、まっ二つに折れてしまい、東北本線が不通になった。そのため、予定していた大きな町に行けなくなってしまった旅回りの一座が、やむなく諏訪ノ平にやってきた。

宝塚歌劇団《たからづかかげきだん》の男役出身の湊川《みなとがわ》みさ代《よ》さんという人が座長を務めていて、『雪之丞変化《ゆきのじょうへんげ》』と

いう芝居を上演した。手作りの舞台《ぶたい》。もちろん客席なんかなくて、青物市場の地べたに筵《むしろ》を敷《し》いて観《み》るのだけど、連日お客さんで超満員《ちょうまんいん》。トットもあるときはともだちと、あるときは一人で、毎日のように出かけては、いちばん前の席から声援《せいえん》を送っていた。

トットは『雪之丞変化』よりも、前座の出しものが好きだった。白と茶色のコンビの靴《くつ》をはいたおじさんが、アコーディオンを弾《ひ》きながら「花咲《さ》き花散る宵《よい》も〜、銀座《ぎんざ》の柳《やなぎ》の下で〜」と『東京《とうきょう》ラプソディ』というのを歌った。

銀座は、一年に一度パパに連れていってもらった思い出の町だ。資生堂《しせいどう》パーラーでアイスクリームを食べて、金太郎《きんたろう》でおもちゃを買ってもらって、日劇《にちげき》の地下で映画を観た記憶《きおく》が、おじさんの歌とアコーディオンでよみがえってきた。

私、銀座を知ってる！　トットはそう思い、急にこみあげてくる涙《なみだ》をこらえた。筵の席でいっしょに座《すわ》っているともだちに、「銀座がなつかしい」なんて言ったら、いつも親切にしてくれているその子を、裏切ることになる気がした。だから、黙《だま》っていた。

線路はなかなか復旧しない。コンビの靴のおじさんは毎日「花咲き花散る宵も〜」を歌い、トットも毎日いちばん前の席で「花咲き花散る宵も〜」に聴《き》き入《い》り、ともだちといっしょになって拍手《はくしゅ》をした。

そんなある日、トットが学校から帰ると、お客さんが二人いらしていた。珍《めずら》しいなと思ってよく見ると、一人はコンビの靴のおじさんで、もう一人のやせた女の人は見覚えがなかったけど、話を聞くとその人は、お化粧《けしょう》をしていない素顔《すがお》の女座長さんで、『雪之丞変化』の方だった。まっ白に顔を塗《ぬ》って、カツラをかぶったところしか見たことがなかったので、ぜんぜんわからなかった。

女座長さんと雑談をしていたママが、なんともいえない顔つきでこう言った。

「ね、徹子さんに一座に入ってもらいたいとおっしゃるの。お宅の娘《むすめ》さんは絶対に役者として成功する。預けていただければ、将来はきっと座長にしてお返ししますって。どうする？」

どこをどう見こまれたのか、トットはスカウトされたのだ。一瞬《いっしゅん》「おもしろそう！」と思ったけど、まだ中学生だったし、パパがシベリアから帰ってこないことには相談もできなかったので、残念ながら「お断りします」と言った。

東北本線は復旧し、一座は大きい町に向けて出発した。青物市場の小屋も取りこわされて、トットはこのことをすっかり忘れてしまっていた。

女座長さんのことを思い出したのは。二十年以上のときが経《た》ち、朝のテレビ番組『小川宏《おがわひろし》ショー』の「私の逢《あ》いたい人」というコーナーの出演依頼《いらい》を受けたときだった。スタッフの方に、あのときの女座長さんに会いたいとお願いした。あんなにきたない格好をしたトットのことを、座長にするからと誘《さそ》ってくださった方に、もう一度会ってみたかった。

本番当日になった。胸がドキドキした。ところが残念なことに、その湊川みさ代さんはすでに亡《な》くなっていた。ただ、ご主人とスタジオから電話で話すことができた。まだお元気だったころ、テレビに出はじめたトットを一目見るなり「あっ、この子よ、この子」と言って、「私の目に狂《くる》いはなかった」と喜んでいらしたそうだ。

着《き》たきり雀《すずめ》だったトットに声をかけてくださり、自信をつけてくださった湊川さんに、一言お礼を言いたかった。お話ができないのは残念だったけど、テレビをご覧になっていたなら と、少し気持ちが落ち着いた。

ママは農協の仕事をずっと続けていたし、畑仕事やお裁縫《さいほう》から親戚《しんせき》の人たちのお世話まで、働きづめに働いていた。寝《ね》る暇《ひま》もない忙《いそが》しさだったのに、そんなママがあるときから、一張《いっちょう》羅《ら》の着物を着てどこかに出かける夜が多くなった。どうして知られることになったのか、ママは歌がうまいという評判が立って、結婚式《けっこんしき》などの宴会《えんかい》の余興にひっぱり出されるようになったのだ。

音楽学校声楽科の出身としては、オペラの「アリア」を歌いたかったみたいだけど、結婚式では「金襴緞子《きんらんどんす》の帯しめながら〜」と『花嫁人形《はなよめにんぎょう》』を歌って、やんやの喝采《かっさい》を浴びたらしい。ほかにも『浜辺《はまべ》の歌《うた》』や『宵待草《よいまちぐさ》』のような流行歌で、自慢《じまん》ののどを披露《ひろう》することがあった。とくに結婚式では、「ありがとう、ありがとう」とみんな大喜びで、帰りぎわには引き出ものをどっさりと持たせてくれた。

この引き出ものが、ママの狙《ねら》いだった。お菓子《かし》なんてなにもない時代に、このあたりでは、もち米の粉をあまくした微塵粉《みじんこ》を鯛《たい》の形にした、ピンク色の「みじんこ菓子」が引き出ものになったのだ。あまい鯛のお土産《みやげ》はトットたちも大喜びで、結婚式から帰るママを待ちかねて、鯛を包んだふろしき包みを開いた。

「わあー」

鯛の姿を見つけるたびに、トットたちは歓声《かんせい》を上げるのだった。

トット、線路にぶら下がる

トットは、諏訪ノ平から三戸までの一駅を、首に定期入れをぶら下げて、通学定期で通っていた。

「絶対に首から定期を外しちゃダメよ」

ママからは口を酸《す》っぱくして言われていた。

ある日の学校帰り、待てど暮らせど汽車が三戸駅に来ないことがあった。汽車が遅《おく》れることはわりとあったし、同じ諏訪ノ平から通っているともだちと、あやとりでもしようということになった。定期入れの紐《ひも》がちょうどいい長さだと気づいたので、トットは首から紐を外して、あやとりに使うことにした。

カエルとか鉄橋とか、いろんなむずかしい一人あやとりを紐で作っているうちに、やっと汽車が到着《とうちゃく》した。たった一駅だからと、定期入れを口にくわえたまま、揺《ゆ》れる汽車の中で、二人であやとりを続けた。諏訪ノ平で降りて改札で定期券を見せると、今度は定期入れを手に持ったまま、ともだちと話しながら歩いた。いつもの小道のところで別れようと思ったけど、なんとなく別れにくい気持ちになって、ともだちが住んでいる家のほうにある橋までいっしょに行って、たもとのところで「あやとり、楽しかったね。また明日！」と手を振《ふ》った。

橋のたもとには大きな松の木が二本、天高く伸《の》びていた。ともだちはその橋を渡《わた》ると、振り返って大きく手を振った。トットも負けじと、もっと大きく手を振った。するとそのとき、トットの手から、なにかがハラハラと飛んでいって、川の中に落ちた。

「なんだべ？」と思った瞬間《しゅんかん》、それが定期券だとすぐにわかった。絶対に首から外さない約束をした大事な大事な定期券が、空を飛んでいった。定期券は、川の表面にぷかぷか浮《う》いていたかと思うと、すぐに流れにのみこまれ、川底へ沈《しず》んでいった。川の流れは速かったし、あたりは暗くなりはじめていたし、トットはあきらめるしかなかった。

家に帰って、ママに「定期を落とした」と白状するとこう言われた。

「だから言ったでしょ、気をつけなさいって。新しい定期は来月にならないと買えないのよ。明日からは歩いていくしかないのよ」

定期券は戦後のゴチャゴチャで、月のはじめに一ヵ月分だけ買えるシステムだった。それでもママは、駅員さんに交渉《こうしょう》してくれた。でも、発売の規則を破ることはできなくて、トットは翌日から、諏訪ノ平から三戸までおよそ五キロの距離《きょり》を歩いて通うことになった。

トットは一計を案じた。道を歩くとくねくねしていて大回りになるし、道に迷ってしまうかもしれない。だけど、もし線路の上を歩いたら絶対に迷わないし、「線路さ歩けば一時間ぐらいだべ」と大人が話しているのを聞いたことがあったので、トットは線路を歩いていくことにした。

線路だから、もちろん汽車が通るけど、上りが何時で下りが何時ということは、トットの頭に入っていたし、汽車が通るときはいったん線路わきに退いて、通過するまで待ってから、また歩き出せばいいと考えた。

着るものだけでなく、はくものも足りない時代だった。このころのトットは、下駄《げた》をはいて通学していた。毎朝一時間早起きをして、諏訪ノ平駅から枕木《まくらぎ》の上をカランコロンと、三戸駅まで。三戸駅で列車に乗ってきたともだちと合流して、学校に向かった。線路の上を歩くのは、行きの五キロより帰りの五キロがつらかったけど、それでもがんばって、カランコロンと飛《と》び跳《は》ねながら歩いていった。

ところが、ある日のこと。

諏訪ノ平駅までもう少しのところにある鉄橋を渡っていたとき、突然《とつぜん》「ブオ――ッ!」という汽笛の音がして、来るはずのない汽車が前方から近づいてきた。臨時の貨物列車だった。鉄橋の下には川が流れている。川の流れは激しくて、しかも深そうだ。鉄橋の途中《とちゅう》に、線路工事の人たちのために作られた狭《せま》い避難所《ひなんじょ》があったけど、運悪く床《ゆか》の板がこわれて取り外されていて、そこに逃《に》げることはできない。

とっさの判断だった。トットは線路の下にもぐりこみ、両手で枕木にぶら下がった。轟音《ごうおん》を立てて汽車が頭の上を通過していく。貨物列車には、いったい何両の貨車が連結されていたのだろう。それは永遠にも感じられる長い時間だった。

トットは、鉄棒が苦手だった。でもトモエ学園に通っているときに考えた、いつまでも片手で鉄棒にぶら下がって、お肉屋さんの冷蔵庫に吊《つる》された牛肉みたいになるのは好きだった。牛肉遊び。もしかしたらあのとき、腕《うで》の筋肉が鍛《きた》えられたのかもしれない。

ようやく最後の貨車が通りすぎ、やれやれとはい上がろうとしたら、両手がしびれて上がれない。さすがに焦《あせ》った。必死の思いで足を持ち上げ、カバンを枕木に引っかけて、どうにかこうにかはい上がることができた。下駄は足の指に力を入れて、落とすまいとしていたので無事だった。鉄橋の下では、川の水が渦《うず》を巻いて太平洋に向かって流れていた。とにかく、体が落ちなくてよかった。

一ヵ月後、ママが新しい定期券を買ってくれた。トットは定期券入れに大切にしまうと、紐をしっかりと首にかけた。

「東京に帰りたい」

少しずつ暮らしぶりが落ち着いてくると、ママは東京のことが気になりはじめた。ただ、いずれ東京に戻《もど》るとしても、家は焼けてしまったし、なにから手をつければいいのかがわからなかった。

ママはとりあえず東京に行ってみることにした。北千束の家があったあたりは、まだ防空壕《ぼうくうごう》に住んでいる人もたくさんいて、古材やトタン板で作ったバラックもたくさんあったそうだ。二度目に東京に行ったとき、ママは昔なじみの大工さんを捜《さが》しあて、お金の用意ができ次第《しだい》、家を建ててもらう約束をした。

あとはどうやって家の建築資金を稼《かせ》ぎだすかだ。大当たりした定食屋さんの収入だけでは、家は建てられない。当面のお金を稼ぐ手段は、野菜や海産物の行商しかない。ママは、せっせと行商にはげみ、お得意さんを増やしていったけど、そうこうするうちに、ママが東京出身とわかると、「東京さ行けば、こったらもの、あるんでねーんだか?」と相談を持ちかけるお得意さんが現れた。定食屋さんで知りあった東京の人たちは行商の先輩《せんぱい》だったから、連絡《れんらく》を取ればいろいろ教えてくれるかもしれない。

ママはひらめいた。

「八戸で仕入れた海産物を行商するより、東京でしか手に入らないものの注文を取って、東京で仕入れたほうが、よっぽど儲《もう》かりそうだわ」

諏訪ノ平や八戸で注文を集めてまわると、「あれ欲《ほ》しいなー」「これ欲しいなー」とリクエストが殺到《さっとう》した。もっとも多かったのが衣類で、和服、地下足袋《じかたび》、半纏《はんてん》、割烹着《かっぽうぎ》、前掛《まえか》けなど。辞書や宝石、時計といった注文もあった。

東京に買い出しに行くときは、八戸でとれたイカの一夜干しをリュックにぎゅうぎゅう詰《づ》めにした。あまりかさばらなかったし、一夜干しは食料不足の東京で飛ぶように売れた。いろんな人たちに教えられて、注文品を仕入れるときは質屋《しちや》をこまめにまわることや、時計や宝石などの、質流《しちなが》れ品のいいものを安く手に入れる方法を知った。それを青森に持って帰ると、かなりの値段で買ってもらえた。

ママは諏訪ノ平と東京を精力的に往復したが、そんなある日、買い出しにはげむママとトットたちを勇気づける情報が飛びこんできた。新聞にシベリアに抑留《よくりゅう》されている日本人捕虜《ほりょ》の記事が出ていて、そこには「捕虜の中にはN響《エヌきょう》のコンサートマスターだった黒柳守綱《もりつな》氏もいる」と書かれていたのだ。

「パパは生きているんだ」と大喜びしたけど、またあるときは「N響の黒柳が収容所から脱走《だっそう》しようとして撃《う》たれた」という噂《うわさ》が聞こえてきたりもした。

「だいじょうぶ。パパは下手に逃《に》げたりなんかしないわ。帰れる日が来るまで、じっと収容所で待っているはずよ」

どんな噂を耳にしても、ママは気丈《きじょう》に振《ふ》る舞《ま》っていた。パパの無事を信じて、買い出しに全力投球し、少しでもお金が貯《た》まれば家の新築費用として銀行に預けた。もちろんトットも、パパの無事を信じていた。


戦争が終わって一年が過ぎ、また暑い夏がやってきた。ママから突然《とつぜん》「徹子さん、話があるの」と切り出された。

「徹子さんは、東京の女学校に通いたくない？」

「東京の女学校？」

トットには、トモエ学園を卒業したら行こうと思っていた学校があった。旗《はた》の台《だい》にある香蘭《こうらん》女学校《じょがっこう》だ。小さいころから通っていた洗足教会の向かいにあるミッションスクールで、じつはパパが出征《しゅっせい》する前に、香蘭はどうだろうなんて話をしたこともあった。ママの話によると、東京に行ったときにともだちに会って、トットさえよければ、その人の家に下宿させてもらえるように、話をつけてきたということだった。

「ここにいても、音楽とか踊《おど》りとか英語とか、徹子さんが好きなことができないと思うの。徹子さんがそうしたければ、ママのともだちの家から香蘭女学校に通うことができます。もう少しお金が貯まれば、北千束に家を建てて戻ることができます。徹子さんに香蘭に入る気持ちがあるなら、いっしょに行って手続きをしましょう。どうかしら？」

まっ赤なリンゴ、城山公園の桜、青物市場のにぎわい、沼畑のおじさん、それから学校のともだち……。トットはぜんぶが大好きだった。でも、三戸の城山公園にはじめて行ったときに感じた、私の居場所はここではないのかもしれないという気持ちが、ずっと心の中にあったのは間違《まちが》いない。

「東京に帰りたい」

トットは、ママの前でそうつぶやいた。

夏休みだったから、トットは学校のともだちに「東京の学校に転校する」と伝えることができなかった。いちばん仲がよかった女の子には話さなくちゃと思ったけど、ママに「明日、東京に行くわよ」と言われてそれっきりになってしまった。

トットは、お別れが言えなかったことを申し訳なく思った。

でもその子とは、後年、芝居《しばい》の旅で東北に行ったときは、かならず連絡をして、彼女の住んでいる八戸で会って、お茶をした。最後に会ったとき、彼女は孫もひ孫もいるおばあさんになっていたけど、はじめて会った日、教室のガラス窓を拭《ふ》きながらいろんな話をしたことを、おたがいに覚えていた。

咲《さ》くはわが身のつとめなり

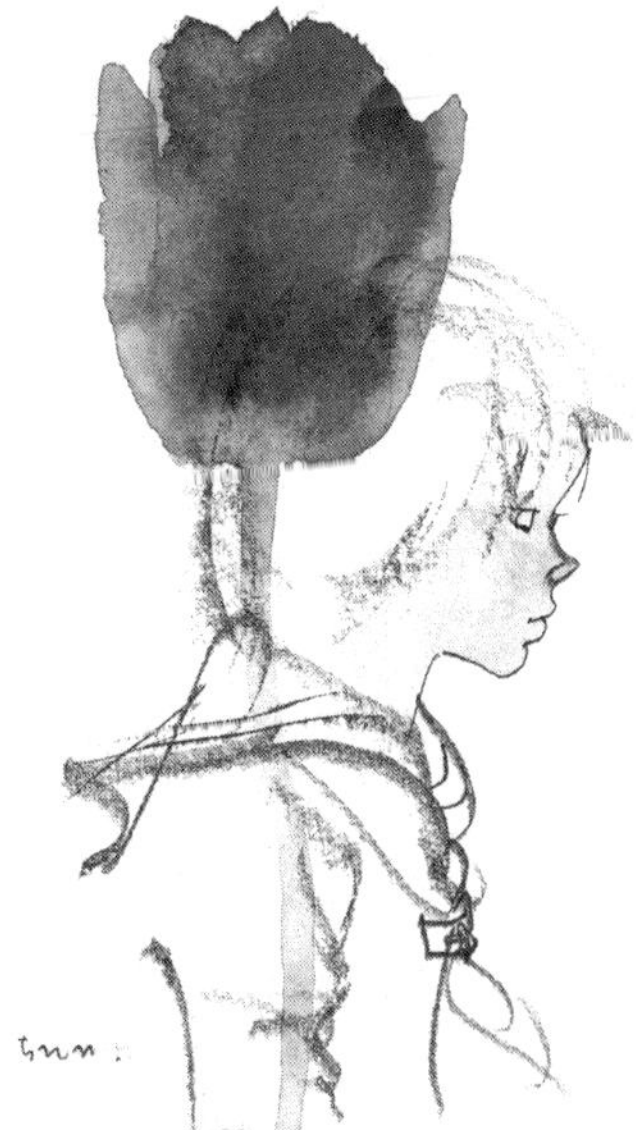

讃美歌《さんびか》と木魚

「うれしい気持ちと不安な気持ちが半分半分かなあ。少しだけの辛抱《しんぼう》よね。たくさん本を読んだりできるのはうれしいけど、やっぱり家族みんなで住めたほうがいいなあ」

「お家《うち》は来年には建てられると思うから、それまでがんばって。徹子《てつこ》さんは香蘭女学校《こうらんじょがっこう》で、ちゃんと勉強ができる。おばあさまは、紀明《のりあき》ちゃんと眞理《まり》ちゃんのめんどうを見られるようになった。ママはこれからも行商に精を出すわ。みんなでがんばれば、いっしょに暮らせる日は遠くないはずよ」

「でも、パパはいつごろ帰ってくるんだろう。パパが帰ってこないと、家族がそろったとは言えないと思う」

「いろんな人から情報を集めているから、心配しないで。パパはシベリアでがんばっているから、もう少し待ちましょう」

諏訪《すわ》ノ平《たいら》から上野《うえの》に向かう汽車の中で、トットとママはずっと話をしていた。新米で炊《た》いたふかふかのおにぎりを頬張《ほおば》りながら、自信に満ちあふれたママの顔を見つめていると、トットには「きっと、だいじょうぶ」という気持ちが、みなぎってくるのだった。

久しぶりの自由ヶ丘《じゆうがおか》だった。ママは、駅前に建っている屋台みたいなお店をあちこちまわって、トットの下宿生活に必要なものをそろえてくれた。

「香蘭の制服は、本当はジャンパースカートだけど、今度来るときまでに縫《ぬ》っておきます。それまでは、いまあるもので我慢《がまん》してちょうだい」

ママはそう言うと、青森の人たちから頼《たの》まれた生活用品などを買い集め、最後に、だれかに教えてもらった質屋《しちや》さんに寄って、あれこれ交渉《こうしょう》をしていた。空っぽだったママのリュックは、たちまちいっぱいになった。

「頼まれたものはだいたい手に入れたし、夜行列車に乗れば汽車の中で眠《ねむ》れるから」

忙《いそが》しいママは、諏訪ノ平にとんぼ返りするという。上野駅に戻《もど》る途中《とちゅう》で、トットをおともだちの家に預けると、ママはトットにこう言った。

「これからはいいことばっかりよ。ママはまたすぐ来るから、徹子さん、元気でね」

ほどなく貯金も十分な金額になり、ママは大工さんに新しい家を建ててくれるように頼んだ。ママがこだわったのは、焼ける前の家と同じ、赤い屋根と白い壁《かべ》。これだけは絶対に守ってほしいと、大工さんに強くお願いしたそうだ。

トットは香蘭女学校に通うようになった。

一八八八年、イギリス国教会によって設立された香蘭女学校は、西洋のお屋敷《やしき》みたいな校舎が素敵《すてき》な女学校だった。だけどその香蘭の校舎も、終戦三ヵ月前の大きな空襲《くうしゅう》で焼けてしまった。それで、自由ヶ丘のとなり町にある浄真寺《じょうしんじ》、通称《つうしょう》「九品仏《くほんぶつ》」というお寺の建物を借りて、授業を再開した。「ミッション系の女学校なのに、お寺で授業だなんてヘンなの」とは思ったけど、九品仏はトモエ学園《がくえん》に通っていたころからよく知っていたので、うれしい気持ちのほうが大きかった。

九品仏はトットにとって特別な場所だ。トモエ学園で「散歩」という時間割の授業があるとき、行き先はたいてい歩いて十分ぐらいの九品仏だった。境内《けいだい》にはおもしろいものがたくさんあった。天狗《てんぐ》の足跡《あしあと》のついた大きな石、流れ星が落ちたといわれている深い井戸、大きくてまっ赤な仁王《におう》さま、人の舌をペンチみたいなもので抜《ぬ》こうとする閻魔大王《えんまだいおう》……。昔話の舞台《ぶたい》が、そっくりそのまま飛び出してきたようなお寺だった。

なぜ浄真寺が九品仏と呼ばれているのかも、トットは知っていた。ご本尊の阿弥陀如来像《あみだにょらいぞう》が三つの阿弥陀堂に三体ずつ安置されていて、あわせて九つの仏像があるから「九品仏」という話を教えてくれたのも、トモエの先生だった。

境内の大きなイチョウの木を見つけたとき、トットは東京に戻ってから見たものの中で、いちばん「なつかしい！」と思った。秋になると実がなって、それをよく食べていたからだ。ギンナンの実はとても臭《くさ》かったけど、あぶって皮を割って食べると、おいしかった。

木造二階建ての「講中部屋《こうちゅうべや》」と呼ばれた建物が校舎代わりだった。香蘭が居候《いそうろう》する前は、なんと東京大空襲《とうきょうだいくうしゅう》で焼け出された高砂部屋《たかさごべや》の前田山《まえだやま》一門に、相撲《すもう》部屋として貸していたんだとか。でも、このときはもう土俵はなかった。いっしょだったらおもしろかったのにと、トットは思った。

トットは、玄関《げんかん》で下駄《げた》を脱《ぬ》いでその建物に入った。

「おはようございます」

おそるおそるふすまを開けると、畳敷《たたみじ》きの広い部屋があって、ふすまの向こうにもまだ部屋があるみたいだった。部屋のまわりはぐるっと板張りの廊下《ろうか》になっていて、いかにもお寺というつくりなんだけど、それが二階建てになっているのが不思議だった。

授業の前に礼拝があると聞いていたので、板張りのところに置かれたピアノの前で待っていると、すぐに生徒たちが集まってきて、いきなり奥《おく》のふすまを外しはじめる。するとたちまち、畳の部屋は最初の倍ぐらいの広さになり、「おはようございます」と挨拶《あいさつ》しながら、どんどん生徒が入ってきた。みんなボロボロの聖歌集を手にしている。これから讃美歌を歌うためだ。トットもあわててカバンの中から取り出して、みんなの後ろに並んだ。

ジャンパースカートの制服がいちおう決められていたけど、ちゃんと制服を着ている生徒なんて一人もいなくて、トットもみんなも、白いブラウスでそれらしい服装をしているだけだった。百人ぐらいの生徒が畳の上に整列すると、入り口近くのふすまを開けて「チャプレン」と呼ばれる学校所属の男の牧師さまが入ってきて、静かに礼拝が始まった。チャプレンは黒くて長いお洋服を着ていて、立ち襟《えり》の白い縁取《ふちど》りが印象的だった。

トットは久しぶりに讃美歌を歌った。トットが日曜学校で通っていた洗足教会《せんぞくきょうかい》はオルガンだったから、ピアノの伴奏《ばんそう》はちょっと雰囲気《ふんいき》が違《ちが》ったけど、ピアノの音を聴《き》いただけでジーンとした。厳《おごそ》かなのに浮《う》き浮きしてきて、トットは音楽っていいなあと思った。

ところが、気持ちよく歌っているトットの耳に、聞き慣れない声や音が聞こえてきた。

ナムアミダポクポク、チーン、ナムアミダポクポク……。

そうだ。ここはお寺だった。

讃美歌に集中していたトットの頭の中で、二つのメロディとリズムが混ざりあう。讃美歌を歌っているのは十代の少女たちで、お経《きょう》を読むのは年をとったお坊《ぼう》さんだ。讃美歌が天まで届く透明《とうめい》な音だとすれば、お経には人生を知《し》り尽《つ》くしたかのような力強い響《ひび》きがあった。

礼拝が終わると、トットは、先生らしき人に呼ばれて前へ出た。

「今日からみなさんといっしょに勉強する黒柳《くろやなぎ》徹子さんです」

全校生徒の前で紹介《しょうかい》されたトットは、「よろしくお願いします」と頭を下げた。

先生からは、「黒柳さんは、お教室をもとに戻すのを手伝ってから、そこにいるみなさんと二階に上がってください」という指示を受けた。

「そこにいるみなさん」が、トットに向かって小さく手招きをしている。

「授業を始めるには、お教室の準備をしなければならないの。ここは木造だから、二階に大勢で上がると、重さで鴨居《かもい》が下がってふすまがはまらなくなるので、ふすまはみんなが二階に上がる前に、はめなくてはダメなの。黒柳さん、そちら側を持ってくださる？」

おさげ髪《がみ》の利発そうな生徒が言った。何十畳《じょう》もある畳の部屋を、学年ごとに区切って使っているらしい。みんなといっしょにテキパキとふすまをはめて、授業の準備を終えた。

いつの間にか、お経は聞こえなくなっていた。その代わり、チチチチッと鳥のさえずりが響いている。ピアノに讃美歌、木魚にお経。そして鳥の声。どこかで建物を建てているのだろうか。工事の音も聞こえたし、電車の踏切《ふみきり》の音もなつかしかった。

トットは、東京に帰ってきた！　と実感した。

「咲《さ》くはわが身のつとめなり」

英語の授業は、イギリス人女性教師の「レイディーズ！」の一言で始まる。

生徒たちは押《お》し入《い》れから、自分たちのお座布団《ざぶとん》を出してきて、四人で一つの長机に座《すわ》った。畳《たたみ》の部屋はぎゅうぎゅう詰《づ》めで、英語を勉強するのに寺子屋みたいなのがおかしかった。

ママよりずっと年上の女の先生は、長い髪《かみ》をまん中で分けて左右とも三つ編みにして、頭のまわりに巻きつけていた。畳の部屋のいちばん前に立ち、とても大さくてよく響《ひび》く声で「レイディーズ、グッドモーニング！」と朝の挨拶《あいさつ》をした。イギリス英語はアメリカ英語とは違《ちが》いますという、自信に満ちた発音だった。

むちを打つようなピシッとしたリズムに、トットは思わず背筋を伸《の》ばした。

「これは大変だわ」

そんなトットの気持ちにはおかまいなく、英語の授業が進んでいく。先生はまったく日本語を使わずに、「私の言葉を暗誦《あんしょう》しなさい」みたいなことを言った。クラスの子たちが先生のマネをするので、トットはそのマネのマネをした。先生の服装は、白いブラウスに、ツイードの茶色いジャケットとロングスカート。ぎゅうぎゅうのコルセットでウエストを締《し》めつけて、見るからにイギリスの淑女《しゅくじょ》という感じがした。なにか言葉を発するたびに、全身からあふれ出てくるエネルギーに、トットは少し気後《きおく》れした。

はじめのうちトットは、勉強についていくのは大変だと思っていた。だけど、青森で方言を身につけたときのことを思い出して、耳で聞いたことを自分の口になじませると、徐々《じょじょ》に英語のリズムをつかめるようになっていった。

しばらく経《た》つと、まる暗記の英語でも、新しい知識を身につけるのは楽しいことだと感じるようになった。それはきっと、先生たちがとても生き生きとしていて、「頭をあげて人生を毅《き》然《ぜん》と歩んでいく」ということを、身をもって示してくださったからだと思う。トットは、これを英国式というのかなと思った。

九品仏の建物には、冬になっても暖房《だんぼう》がなかった。三戸《さんのへ》の学校は、教室に薪《まき》ストーブがあって暖かかったのに、東京の元相撲部屋《すもうべや》の建物は、すきま風が吹《ふ》きこんでとても寒かった。だから、みんなオーバーを着たまま授業を受けた。

イギリス人の女の先生たちはスーツ姿で通していたけど、トットの興味をひいたのは靴下《くつした》だった。畳の部屋だったから靴下がよく見えたのだ。先生たちは、いつも厚手の木綿《もめん》の茶色っぽい靴下をはいていて、イギリス式を崩《くず》さない。その一方で、日本人の先生の中には、当時としては最先端《さいせんたん》のナイロンストッキングをはいている、おしゃれな先生もいた。

トットは、音楽の「コールユーブンゲン」の授業が得意だった。これは、合唱曲の楽譜《がくふ》を正しく歌うために、ドイツで生まれた教材だ。高音と低音でパート分けをすると、すぐに違うパートにつられてしまう子もいたけど、トットはうまく歌うことができた。英語と音楽の授業には、ヨーロッパ式が取り入れられていたから、どこかトモエに通じるところを感じた。

一日中、生徒たちが立ったり座ったり、机の上げ下げも頻繁《ひんぱん》だったからだろう、畳の傷《いた》みがとても早かった。おまけに授業がつまらないと、ついみんな畳のイグサをむしってしまう。とりわけ試験中や、キリスト教や代数の授業中に、イグサむしりは盛大《せいだい》に行われた。試験が終わると畳がボロボロになっていて、その傷み具合で試験の難易度が推理できるぐらいだった。

もちろんトットも、イグサむしりの常習犯。トットの席はいちばん前だったから、先生はトットの目の前に立っていた。トットは引《ひ》っこ抜《ぬ》いたイグサをつないで、長い紐《ひも》のようにして先生の足首に回して机の脚《あし》に結ぶ、というイタズラが好きだった。先生が歩き出したらどうなるかを見てみたかったのだ。でも、イグサの紐は弱すぎて、何度やってもすぐ切れて、トットの想像のように、先生がつんのめるということはなかった。いまにして思えば、トモエ学園のころから始まった、授業中になにかをしでかすトットの癖《くせ》は、女学生になっても直っていなかったということだろう。

ずいぶんあとになってから、香蘭女学校の同窓会誌に、トットはこんな文章を寄せた。
「ちっとも勉強をしなくて、みごとに成績の悪かった私ですが、少なくとも、あの校歌の詩のように生きていこうという気持ちは、いつも、持ちつづけていたように思います」
トットは、礼拝で歌う讃美歌《さんびか》も好きだったけど、「深山にかおる　あららぎも」で始まる香蘭女学校の校歌が大好きだった。

深山にかおる　あららぎも
うつせば庭に　におうなり
時とところは　世のさがぞ
咲くはわが身の　つとめなり

「咲くはわが身のつとめなり」というフレーズは、生徒たちにとってある種のスローガンのようになっていた気がする。

新しい学校に慣れるにつれて、ともだちも増えていくと、放課後にともだちのお家《うち》に寄っておしゃべりをすることもあった。そういうときも、「将来はどうしましょう?」「あなたはどうなさる?」という内容の話をすることが多くて、いまの女の子たちのようにアイドルのことをキャーキャー言ったり、おしゃれの話をしたりということはなかった。

娯楽《ごらく》が少なかったからと言ってしまえばそれまでだけど、将来のことを話していたのは、みんな心の中で「咲くはわが身のつとめなり」ということを気にしていたせいかもしれない。勉強はあまり好きではなかったトットも、「どうやったら自分を咲かせられるか」ということは、いつもぼんやりと考えていた。

当時、「自分を咲かす」ための手段として、多くの女性が選んだのが結婚《けっこん》だった。担任だった青木忍《あおきしのぶ》先生が結婚退職をすることになり、朝礼でお別れの挨拶をしたとき、青木先生は、結婚するために先生の仕事をあきらめたのかしらと考えたら、なんだか悲しくなった。

「寒くて、眠《ねむ》くて、おなかがすいた」と口ずさみながら涙《なみだ》を流して歩いていて、おまわりさんに叱《しか》られてからは、どんなにつらくても泣くのを我慢《がまん》していたトットだったけど、このときはみんなと、わーわー声を上げて泣いた。

担任の素敵《すてき》な先生が、結婚しちゃうんだ。先生を続けられないいんだ。でも、人目をはばからずに泣けるようになったことも、トットたちが取《と》り戻《もど》した自由の一つだったのかもしれない。どこで泣いたって、おまわりさんに叱られることは、もうなかった。

失恋《しつれん》

洗足教会には、その後ＮＨＫの仕事が忙《いそが》しくなるまで、幼少のころから計算すると二十年ぐらい、お世話になったことになる。

トットがまだ小学校に通う前のクリスマスの日、教会に通う子どもたちは、イエスさまが馬小屋で生まれたところから始まる降誕劇を演じた。トットはちょっとおませだったこともあって、イエスさまの役をいただいた。練習中に、ひざまずいている羊役の子に「お食べなさい」と言って、紙を口につっこんだ。羊は紙を食べると知っていたからだ。ところが、「イエスさまが暴力的ではいけません」と言われて、役を降ろされてしまった。

トットは羊役になった。それまでのイエスさまよりずっと退屈《たいくつ》な役だったので、新しいイエスさま役の子に、「紙を食べるからちょうだい、ちょうだい」と頼《たの》んだりしていたら、「そのあたりが騒々《そうぞう》しい」と言われて、とうとう羊役も降ろされてしまった。

戦争中のクリスマス・キャロルのことも、よく覚えている。コーラス隊に入って、灯火管制が敷《し》かれる中、信者の方々のお家《うち》を訪ね歩いた。玄関《げんかん》や窓の下で讃美歌《さんびか》を歌うと、あたたかいお砂糖の入ったお湯や、ふかしたおイモとかトウモロコシのパンとかを、いただくことができた。お砂糖なんて、きっとその夜のために、大切にとっておいてくださったのだろう。トットは率先《そっせん》して参加した。

トットは週に四回も教会に通うようになった。教会のみなさんはトットにとても親切だったし、下宿先が洗足教会のすぐ近くということもあって、日曜学校のほかに、火曜日の信者の集まり、水曜日の祈禱会《きとうかい》、金曜日の聖書の勉強会にまで出席した。

あるとき、日曜学校の讃美歌の伴奏《ばんそう》をするオルガン弾《ひ》きの方が辞《や》めることになって、教会は代わりの人を探していた。

それを知ったトットは、大あわてで老牧師さんに直談判《じかだんぱん》をした。

「私にやらせてください！」

トットがそう言うと、老牧師さんは「じゃ、お願いしましょう」と微笑《ほほえ》んでくれた。

トットは有頂天《うちょうてん》になった。というのも、トットはそのとき、若くてハンサムな副牧師さまに恋《こい》をしていた。トットは上手なオルガン弾きとはいえなかったけど、ある程度は弾ける、熱心なオルガン弾きではあった。もしトットがオルガン弾きになったら、「次の日曜学校の讃美歌は、何番にしましょうか」なんて、副牧師さまに大人っぽく相談できると思った。ほかの人がいないところで、二人きりの会話ができるかもしれない。そんなことを思うと、トットの心は幸福で満たされていった。

その副牧師さまは、海軍兵学校から復員してきたばかりで、教会のとなりの老牧師さんの家に居候《いそうろう》していた。トットもそのころ、教会の近所のママのおともだちの家に居候していたから、副牧師さまとトットは居候つながりでもあった。

教会に行けば、かならず副牧師さまに会えた。背がとても高くて、縁《ふち》なしの眼鏡をかけていて、その目がとてもやさしい。髪《かみ》の毛《け》が寝癖《ねぐせ》でモシャモシャになっていることもあったけど、それも魅力《みりょく》の一つで、老牧師さんの代わりにする、お祈《いの》りやお説教も上手だった。好きなところを挙げだしたらきりがないけど、トットはその中でも、とくに声がお気に入りだった。

副牧師さまのことを「素敵《すてき》だなあ」と思っている人はトット以外にもたくさんいたはずだ。その証拠《しょうこ》に、信者の数がずいぶん増えたらしい。

副牧師さまに引率《いんそつ》されて、みんなで病気の信者のお見舞《みま》いに行ったこともある。トットのよく知らない人で、とても寒い日だったのに、副牧師さまといっしょだと思うと心があったかくなり、寒さを忘れることができた。

ところが、その副牧師さんが広島の教会に赴任《ふにん》することになった。そして、そのことに驚《おどろ》かされたのも束《つか》の間《ま》、教会のだれかの一言で、トットの心は押《お》しつぶされてしまった。

「副牧師さまが結婚《けっこん》なさるんですって！」

お相手はトットよりずっと年上の、美しい信者の方だった。その女の人も週に四回教会に来ていて、教会のすぐそばに住んでいた。トットは迂闊《うかつ》にも気づかなかった。

わあ、どうしよう……。

せめて記念になるものを差し上げたい。

でも、なにも思いつかなかったし、お金もなかった。

絶望的な気分で、下宿までの道をトボトボと歩いていると、原っぱで、世にも不思議なものを見つけた。それは、小枝にマシュマロがくっついたみたいな、まっ白な、ふわふわしたものだった。

美しい！　トットはその小枝を箱に入れて、リボンを小さく結んだ。

素敵なプレゼントが完成した。

副牧師さまとのお別れの日、トットは東京駅までお見送りに駆《か》けつけた。

その日のトットは、白いブラウスとゴブラン織りのズボンに赤い靴《くつ》という出《い》で立《た》ちだった。

白いブラウスは、諏訪ノ平にいたときに配給された、日本軍が捨てたパラシュートを使って、ママが作ってくれたもの。ゴブラン織りは、もともと北千束《きたせんぞく》の家でソファーに使われていたのを、疎開《そかい》するときのふろしき代わりに使ったり、諏訪ノ平の家でインテリア代わりに使ったりしていたのを、ママがズボンに仕立て直してくれたのだった。

赤い靴は、東京で配給になった白い運動靴を、ペンキ屋さんに頼《たの》んで赤く塗《ぬ》ってもらった。

ペンキ屋さんには「乾《かわ》いたらガビガビになるよ」と言われたけど、「いいんです」と言った。映画で観《み》たバレエの靴にひかれていたからだ。赤い靴のペンキは、おじさんが心配したとおりすぐにひび割れた。それでも、当時は赤い靴なんてどこにもなかったから、トットにとっては自慢《じまん》の靴だった。

お餞別《せんべつ》の小箱は、東京駅で「宇宙からの贈《おく》りものです」と冗談《じょうだん》めかしながら手渡《てわた》した。トットは、ちぎれるほどに手を振《ふ》りながら、副牧師さまが乗った汽車を、みんなといっしょに見送った。

ずっとあとになって、『小川宏ショー』の「初恋談義《はつこいだんぎ》」というコーナーに出演した。女座長さんのときといい、この番組にはよくよくお世話になったものだ。このときは、声だけだったけど副牧師さまとの再会を果たすことができた。副牧師さまは、副牧師さまを辞めて、なんと自衛隊に入隊していた。

副牧師さまはトットのプレゼントを覚えてくれていた。でも、マシュマロみたいでかわいいと思っていたものが、トットが大の苦手にしているカマキリの卵だったことが、そのときはじめて判明した。副牧師さまが広島に着いて箱を開けると、孵化《ふか》したてのカマキリの幼虫が、うじゃうじゃと出てきたそうだ。それを聞いて、トットは目の前がまっ暗になった。

北千束の駅の近くに、赤い屋根に白い壁《かべ》のお家が完成した。ママとおばあさまと紀明と眞理が諏訪ノ平から帰ってきて、家族五人の暮らしが始まった。赤い屋根と白い壁の家はとても目立っていた。トットも下宿から引《ひ》っ越《こ》して、またママたちと暮らせるのがうれしかった。

さあ、あとはパパの帰りを待つばかりだ。

兼高《かねたか》ローズさん

トットは香蘭女学校で「ララ物資」なるものを受け取った。「ララ」というのは、「Licensed Agencies for Relief in Asia」の頭文字《かしらもじ》を並べた言い方で、戦後しばらくのあいだ、アメリカの宗教団体や慈善《じぜん》団体によって集められた、食料、医薬品、学用品などの救済物資が、日本に送られてきた。そのときは、洋服や学用品などがバザーみたいに並んでいて、それぞれがいいと思ったものを試着したりして、持ち帰ることができた。

寒い季節だったので、みんなは洋服を欲《ほ》しがっていた。でもトットは、学用品の奥《おく》に、モコモコしたウサギのぬいぐるみが置かれているのを目ざとく見つけた。

「私、あれがいい」

それからというもの、トットはどこへ行くときも、そのウサギのぬいぐるみといっしょに出かけるようになった。トットたちは、こういうふわっとした触《さわ》り心地《ごこち》や、キラキラしてたりフリフリだったり、とにかくそういうものに飢《う》えていた。

クリスマスが近づくと、香蘭では恒例《こうれい》のバザーが行われた。生徒はみんな、お人形を作ってくるように言われた。トットは、疎開中《そかいちゅう》もずっと手放さなかった白黒のクマのぬいぐるみをお手本にして、手のひらにのるぐらいの小さなクマのぬいぐるみを作った。

ほかにも、家族が着られなくなったセーターを解《ほど》いて、子ども用の靴下《くつした》を編んでくる子もいたし、「食べものがいいんじゃない?」と言って、サツマイモの茶巾絞《ちゃきんしぼ》りを作る子たちもいた。ぬいぐるみやお人形のような、自分たちが作ったものが売れるのはとてもうれしかったし、茶巾絞りも大人気で、すぐに売り切れになった。


ある卒業生がお見えになったとき、この日いちばんの歓声《かんせい》が上がった。

兼高ローズさん。あるときは旅行家、あるときはジャーナリスト、そしてあるときはエッセイスト。兼高ローズさんの本名より、ペンネームの「兼高かおる」のほうが有名だと思う。テレビ番組の『兼高《かねたか》かおる世界《せかい》の旅《たび》』でご記憶《きおく》の方もいらっしゃるだろう。放送は昭和三十四年から三十一年間に及《およ》び、訪ねた国は百五十ヵ国以上。レポーター兼《けん》ナレーター兼プロデューサーとして、未知の世界と旅の魅力《みりょく》を伝え続けた。

「バザーには兼高ローズさんがお見えになるはず」

その情報は瞬《また》く間《ま》に広まった。

ローズさんは香蘭を卒業したばかりで、もちろんまだテレビ放送も始まっていなかったし、有名人でもなんでもなかったけど、そのお洒落《しゃれ》な姿はすべての在校生のあこがれの的だった。生徒のだれかが焼き増しをしたのか、なぜかみんなローズさんの写真を持っていて、もちろんトットもカバンの中に一枚しまっていた。こんなにきれいな人が世の中にいるのかしらと思うぐらい、彫《ほ》りが深くて目のぱっちりした写真だった。

予定の時間が近づくと、九品仏の門のところまでみんなでお迎《むか》えに行った。写真を片手に到着《とうちゃく》をいまや遅《おそ》しと待ちかまえていると、遠くから、大きなカバンを抱《かか》えた長身の女性が歩いてくるのが見えた。

「兼高さーん！」

「ローズさま！」

ふだんはどちらかというとおとなしい上級生たちが、頰《ほお》を紅潮させながら、精いっぱいの声で名前を叫《さけ》んでいた。

ローズさんが近づいてくると、その存在感にトットも息をのんだ。

大きな瞳《ひとみ》に、バラ色の唇《くちびる》。細かく編んだ三つ編みをカチューシャみたいにしたヘアスタイル。ウールのコートは襟《えり》もとだけ毛皮になっていて、風に揺《ゆ》れるのがなんとも素敵《すてき》だった。コートの下は、颯爽《さっそう》としたパンタロンスーツ。いかにも西洋の男性が似合いそうな、裾《すそ》の広がったズボンをはいていた。

あとでお聞きしたら、香蘭の先生から「毛皮もパンタロンも派手すぎます」とお小言をもらったそうだ。香蘭には、そういうところがあった。

「ごきげんよう」

そう言ってお寺の門をくぐるローズさんの後ろを、生徒たちは追いかけた。後ろ姿の足もとには、かかとのある靴《くつ》が見《み》え隠《かく》れしていた。

ローズさんは持参したバザーの品を売りさばくと、先生がたに売り上げを託《たく》し、風のように去っていった。この日ナンバーワンの売り上げはローズさんだった。ずっとローズさんの写真を撮《と》っている上級生がいて、トットが「ぜひ、焼き増しをお願いします」と頼《たの》んだのは言うまでもない。

それから三十年近くが過ぎ、兼高かおるさんに『徹子《てつこ》の部屋《へや》』に出演していただいたことがある。バザーの日の思い出も語りあったけど、ローズさんと交《か》わした旅の記憶《きおく》についてのやりとりが、いまでもトットの頭から離《はな》れない。

トットは、ずっと気になっていたことを伺《うかが》った。

「いつかテレビで拝見した『世界の旅』は、アフリカの奥地《おくち》へ行った回でした。村長さんのいちばんの親愛の印なのかしら。口の中でクチャクチャとかんだものを出して、どうぞっておっしゃったら、それをすぐ兼高さんが……」

「村長さんには、もしかしたら食べないんじゃないか、もしかしたら自分たちは下に見られてるんじゃないかっていう気持ちが、多少おありなのね。で、それを私が食べてしまえば、安心して、ともだちになれるわけ」

後年、ユニセフ（国連児童基金）親善大使として、世界中の病院や難民キャンプなどにいる子どもたちに、会いにいく役目に任命された。死の淵《ふち》にいる子どもに出会ったとき、トットはその子を両手で抱《だ》きしめる。日本から遠く離れて移動の車に揺《ゆ》られていると、香蘭女学校の先《せん》輩《ぱい》から手渡《てわた》されたバトンを手にして、走っているような気がすることが、いまでもある。

放課後のときめき

香蘭に通いはじめて一年ぐらいが過ぎたころ、生まれてはじめてラブレターをもらった。

学校が終わり家に帰ろうとして、駅で電車を待っていた。東京ってすごいなあと思うのは、発車時間を覚えていなくても、駅で待っていれば十分もしないうちに電車が来ることだ。疎開《そかい》中《ちゅう》は一本汽車を逃《のが》すと、次の汽車まで二時間は待たなければならなかったのに。

この日は一人だった。駅のホームで電車を待っていると、突然《とつぜん》、学生服を着た見知らぬ中学生がトットのもとに駆《か》け寄《よ》ってきた。

「あの……」

うつむいていて、顔が見えない。

「なんでしょうか?」

あまりにモジモジしているので、はっきりした口調でトットは聞いた。すると、なにも言わずに学生カバンから白い封筒《ふうとう》を取り出した。

トットがそれを受け取ると、これまたなにも言わずに、踵《きびす》を返して猛《もう》ダッシュ。びっくりして五回ぐらいまばたきしているあいだに、その中学生は駅の外に消えてしまった。

「これって、恋文《こいぶみ》っていうものじゃない?」

家に帰って、ちょっとドキドキしながらその手紙を開けてみた。封筒はけっこうしっかりと糊《のり》でくっついていて、無理やり開けたら、折り返しになった三角のところがボロボロに破けてしまった。でも、手紙が破けなければいいわよねと思って、便箋《びんせん》をゆっくりと開いた。

「ふかしたてのサツマイモのようなあなたへ」

最初に目に飛びこんできた文章を読んで、トットのドキドキはプンプンに変わった。

ちょっと待って!

仮にもこれがラブレターだとしたら、好きな人のことを「ふかしたてのサツマイモ」はないんじゃないの。自分の見場《みば》がいいとはけっして思わないけど、もう少しロマンチックなことを書けないものかしら?

ひどい！　トットはそう思ったから、その先は一行も読まずに、ビリビリに破って捨ててしまった。

でも、しばらくしてから、その表現って悪くないかもしれないと思うようになった。まだまだ戦後の食糧難《しょくりょうなん》は続いていた。疎開していた青森ならともかく、東京ではふかしたてのサツマイモは、十分にごちそうの部類だった。ツヤツヤしていて、あまくて、あったかくて、「ふかしたてのサツマイモ」はその中学生の大好物だったのかもしれない。その大好きなものに、大好きなトットをたとえたのは、彼《かれ》にとって最大の賛辞だったのかもしれない。でも、思春期に入りたてのトットには、そこまで読み取る力がなかった。

その中学生がどんな顔立ちだったのか、どんな文字を書いていたのか。学生服を着ていたのは覚えているけど、「ふかしたてのサツマイモ」が衝撃的《しょうげきてき》すぎて、ほかのことはまったく覚えていない。

小さいころからトットは、手紙というものに愛着があった。

最初にもらった手紙というか、はがきは、トットが湯河原温泉《ゆがわらおんせん》で湯治《とうじ》をしたとき、いっしょにいてくれた父方のおばあさまからだった。とても美しい字で、「あなたがお忘れになったロウセキは、私がお預かりしています。いつでも取りにおいでください」と書いてあった。トットが小学一年生になったばかりのことだ。蠟石《ろうせき》は昭和の子どもが道に絵を描《か》いて遊ぶのに使ったものだけど、手紙のあて先に自分の名前が書いてあると、大人になったような気がした。

戦争中に『世界名作選《せかいめいさくせん》』を読んだ。そこに収められているケストナーの「点子《てんこ》ちゃんとアントン」がお気に入りだったことは、この本のはじめのほうに書いたけど、同じ本に載《の》っているロシアの文豪《ぶんごう》アントン・チェーホフの「兄《あに》への手紙《てがみ》」も、好きな作品だった。「眼《め》には見えないもののためにも心を痛める」ことが大切だと書いてあった。チェーホフの考える「やさしさ」がトットにも伝わってきて、やさしい人間になるには教養を身につけなくてはならないし、そのためには本を読むことが大事だと考えるようになった。

ケストナーファンのトットは、十八歳《さい》ぐらいのとき、ケストナーの翻訳《ほんやく》をされているドイツ文学者の高橋健二《たかはしけんじ》先生に、思い切って手紙を出したことがある。そうしたらなんと、とても素《す》敵《てき》なお返事をいただいて、それ以来文通をするようになった。高橋先生から「おたがいの手紙の最後に『あいことば、ケストナー』と書くようにしよう」という提案があったときのうれしさといったらなかった。ナチスと断固として闘《たたか》い続《つづ》けたケストナーの作品は、笑っちゃうぐらいおもしろいのに、どこか皮肉があった。

そうこうするうちに、先生のお力《ちから》添《ぞ》えのおかげで、なんとなんとケストナーから、お手紙をいただくことができた。あの、ケストナーから！　心をこめて手紙を書けば、その思いは相手に伝わるということを、高橋先生をはじめとするたくさんの人たちとの、手紙のやりとりの中で学んだ。

そういえばトットは、『長くつ下のピッピ』を書いたアストリッド・リンドグレーンさんからの手紙も持っている。『窓《まど》ぎわのトットちゃん』の英語版ができたとき、どうしてもリンドグレーンさんに読んでほしくて、本と手紙を送った。すると、リンドグレーンさんから手書きの返事が来た。「目を悪くしているので本は読めませんが、娘《むすめ》に読んでもらうのを楽しみにしています」というような内容だった。トットは、夢かと思うくらいうれしかった。長いこと、勉強机のガラスの下にはさんで、いつでも読めるようにしていた。

リンドグレーンさんが亡《な》くなったことを新聞で知ったときは悲しかった。でも、九十四歳だった。すごい長生き！　だから、ピッピのおもしろさはリンドグレーンさんのエネルギーによるものだ、ともわかった。

学校帰りに遊びにいった同級生の家から帰るとき、「途中《とちゅう》まで送っていく」と言ってくれたので、そのともだちと二人で池上線《いけがみせん》の長原駅《ながはらえき》まで歩いていたときのこと。駅前の道ばたに「手相見ます」と書いた布を垂らして座《すわ》っている、若い男の人がいた。

トットは「へえ」という顔をして、男の人に目を向けた。すると、

「どうですか、手相見ますよ」

と声がかかった。トットは十六歳《さい》だった。手相なんていうものは、大人が見てもらうものと思っていたので、トットはびっくりした。若い男の人は小柄《こがら》で、ねずみ色のヨレヨレの着物を

着ている。気弱な感じというか、そのころの日本人がみんなそうだったように、栄養が悪そうな、白っぽい顔をしていた。でもやさしそうな人だった。

冒険《ぼうけん》気分が味わえそうで、なんだかどうしても見てもらいたくなった。見料《けんりょう》と書いてあるところを見ても、ちょうどトットが持っていたお小遣《こづか》いで足りるぐらいだった。お財布《さいふ》の中身を確かめ、モジモジしているともだちを説得して、トットは「お願いします」と手を出した。

その日もトットは、ウサギのぬいぐるみを抱《だ》いていた。香蘭あてに届いたララ物資の中から見つけたあのウサギは、ずっと前、カメラマンの伯父《おじ》さまからお土産《みやげ》にもらった白と黒のぬいぐるみと同じように、トットの大切な宝物になっていた。

トットは、ウサギを抱いていないほうの手を出した。その手はうす黒くよごれていた。トットには、歩いているとき、知らないうちにあちこちを手で触《さわ》る癖《くせ》があるらしく、この日も手相を見てもらうには、気が引けるぐらいのきたなさだった。だからいつも、ママから「手を洗ってね」と言われるわけだ。

手相見の人は平気でトットの手を取ると、しばらくじっと天眼鏡《てんがんきょう》で手のひらを見てから、ゆっくりと手を離《はな》した。

「そっちの手も見せてください」

言われるままにウサギのぬいぐるみを持ちかえて、もう片《かた》っぽの手を出すと、そっちはもっときたなかった。

「ごめんなさい、きたなくて」

トットが言うと、手相見の人は笑いながら、

「だいじょうぶですよ」

と言った。その人は手のひらだけではなく、横とか爪《つめ》とかも見てから手を離した。そして、トットの顔をまじまじと見つめてこう言った。

「結婚《けっこん》は、遅《おそ》いです。とても遅いです」

トットは思わず、ともだちと顔を見あわせて笑った。十六歳の女の子にとって、結婚なんてまだ遠い先のことなのに、それが遅いというのはどういうことだろう。でも、トットたちが笑っているのにはおかまいなしに、手相見の人はまじめな顔で話を続ける。

「お金には困りません。それから」

もう一度トットの手のひらを見て、ゆっくりと言った。

「あなたの名前は、津々浦々《つつうらうら》に広まります」

「津々浦々?」

トットは、聞き返した。手相見の人は少し困ったように咳払《せきばら》いをすると、

「どういうことかはわかりませんが、そう出ています」

と言ってから、もう一言つけ加えた。

「お稲荷《いなり》さんを信仰《しんこう》するとよろしいです」

この一言に、トットは前よりもっと笑ってしまった。小さいときからクリスチャンの家庭に育ち、イギリス系のミッションスクールに通っている女学生に、「お稲荷さん」はおかしすぎると思ったからだ。トットがいつまでも笑っているので、その人は自信ありそうな、それから親切そうな調子で念を押《お》した。

「そうなさったほうが、いいんです」

トットがお礼を言ってお金を払《はら》い、駅に向かって歩き出したときには、あたりはもううす暗くなっていた。

家に帰るやママに、

「津々浦々に名前が広まるんだって」

と報告した。晩ごはんの支度《したく》をしていたママは、お鍋《なべ》をのぞきこみながらこう言った。

「いやだわ。なにか悪いことをして、新聞にでも出るんじゃないの。気をつけてね」

それからずいぶん経《た》って、NHKの『夢《ゆめ》であいましょう』に出演していたときのこと。大晦《おおみそ》日《か》の夜は、永六輔《えいろくすけ》さんや渥美清《あつみきよし》さんや坂本九《さかもときゅう》さんたちと、赤坂《あかさか》の豊川稲荷《とよかわいなり》に初詣《はつもうで》に行くのが決まりごとになっていた。境内《けいだい》には芸能の神さまの弁財天も祀《まつ》られていて、とてもご利益《りやく》があるということだった。考えてみれば、そこはお稲荷さん。長原駅前の手相見の男の人は、とても当たる人だったんだ。

香蘭女学校の先生たち

香蘭女学校の先生は、校長先生やチャプレン先生を除くと、ほとんどが女の先生だった。しかも、香蘭の卒業生が大半を占《し》めていて、どの先生も愛校心がとてもお強い。落ち着きのないトットのような生徒は、なにかにつけて「香蘭の生徒らしく、きちんとお振《ふ》る舞《ま》いになって」と注意されていた。

先生たちの中でいちばん記憶《きおく》に残っているのは、英語と聖書を教えてくださった志保澤《しほざわ》トキ先生だ。志保澤先生も香蘭の卒業生だった。香蘭女学校はイギリス系の学校だという理由で、戦争中は軍部から、なにかと目をつけられていた。イギリス留学の経験があり親英派と見なされた志保澤先生は、教会を通して日本の内部情報を流しているのではないかと、スパイの嫌疑《けんぎ》で憲兵の取り調べを受けたこともあったという。

そんな大変な時期を乗《の》り越《こ》えて、キリスト教信仰《しんこう》に基《もと》づく教育を再スタートさせた志保澤先生の指導は、とにかくきびしかった。

「黒柳さん、午前中の授業が終わったら、先生のところへ来てください」

礼拝のあと、志保澤先生から呼び止められたことがある。

だけどそのときは、先生に叱《しか》られたりするような覚えはなかった。いやだなあと思いながら太鼓橋《たいこばし》を渡《わた》って職員室に行くと、こう言われた。

「黒柳さんは昨日《きのう》、駅で大きい声を出してご友人と話をしていましたが、香蘭の生徒は、あのような大きい声でお話をするものではありません」

きつい口調というわけではないけど、有無《うむ》を言わせぬ迫力《はくりょく》があって、トットには「申し訳ございません。以後気をつけます」としか言えなかった。

兼高ローズさんがいらしたバザーについても、こんな話が残っている。

バザーの売り上げは、全額がいまでいう児童養護施設《しせつ》や老人ホーム、特別支援《しえん》学校、ハンセン病の療養所《りょうようじょ》などに寄付された。先生たちの中には「少しは学校のために使ったらどうですか?」という意見の人がいらっしゃった。すると志保澤先生は、毅然《きぜん》として「そういうのはバーゲン・セールといって、バザーとはいわないのです」とおっしゃったそうだ。

たしかに辞書で「バザー」を調べると、「慈善《じぜん》事業などの資金を得るために催《もよお》す即売会《そくばいかい》」と書いてあった。

生徒たちの人気があったのは、なんといっても「ゴッチャン先生」こと後藤八重子《ごとうやえこ》先生だ。ゴッチャン先生も香蘭の卒業生で、英語の先生として母校に戻《もど》っていらした。園芸部の指導にも熱心で、学校の焼《や》け跡《あと》に花壇《かだん》を作っていたという話も聞いた。

「ものがいっぱいある幸せもあれば、もののない幸せもあるの。その両方を知っていることは幸せなことだと思う」

「一生のあいだにはたくさんのともだちができるでしょうけれど、女学校時代のともだちがいちばんいいのよ」

など、ゴッチャン先生にはたくさんの名言がある。頻繁《ひんぱん》に辞書を引いている姿も生徒たちの記憶《きおく》に残っていて、こういう姿勢は見習わなくてはと思ったものだ。


だけど、苦手な先生もいた。

新しい男の先生が着任して、その先生から数学を教わったことがある。男の先生は珍《めずら》しかったので、トットたちは「女の中に男が一人〜」なんて囃《はや》したりもした。

この先生とは、なんというか相性《あいしょう》が悪かった。授業中に、「なにか質問は」と尋《たず》ねられて、「なんで代数とかやるんですか。なんのために必要なんですか」

と聞いたことがある。トットは代数が好きじゃなかった。先生は、

「明日までに考えてきます」

とおっしゃって、次の日にこう説明した。

「幾何《きか》を学べば、たとえば木に登らなくても、高さを知ることができます。橋の長さも、渡らなくても計算して出すことができます」

それは必要なことかもしれないと、トットは思った。でも、先生はこう続けた。

「ただ、代数はなんのためになるのかわかりません」

とても残念な回答だった。

数学の試験のとき、答案用紙に「先生の嘘《うそ》つき。生徒に嘘をつくのはよくないことです」と書いたことがある。新しい教科書が配られることになって、「いただいていません」と言ったトットに、先生が、ある明らかな嘘をついたからだった。

先生は後日、赤く大きく「マイナス10点」と書いた答案用紙をトットに返した。それからしばらくのあいだ、トットはこの先生とはけっして目をあわさず、反抗的《はんこうてき》な態度を取っていた。

すると数日後、廊下《ろうか》で会った先生に「黒柳さん」と呼び止められた。

「このあいだのテストにマイナス10点をつけたのは、教師としてあるまじき態度だったと思うので取り消します」

そう話しはじめたので、反省しているんだなと思った。ところが、「じゃ、どうなるんですか」と聞くと、「0点です」と言われたので、「いいです。取り消していただかなくて」ということになってしまった。

ともだちに「あの数学の先生、苦手なの」という話をしたら、

「数学の先生じゃなくて、そもそも数学自体が苦手なんじゃないの？　前の数学の先生のテストのときも、大きな声で『ねえみんな、白紙で出さない？』って叫《さけ》んでたし」

と言われてしまった。でも、本当にそんなこと、言ったかなあ。

自由ヶ丘の映画館

戦後すぐの日本では娯楽《ごらく》といえば映画だったけど、疎開中《そかいちゅう》のトットは、女座長のお芝居《しばい》を観《み》ることはあっても、映画館には一度も行ったことがなかった。それもあって、東京に帰ると決まったときは、映画を観るのがとても楽しみだった。

近所の映画館といえば、なんといっても自由ヶ丘の南風座《なんぷうざ》だ。駅から徒歩一分で、駅とトモエ学園の中間ぐらいの場所にあった。香蘭のともだちにも映画好きがいて、いっしょに行ったり、一人で観たり、放課後の自由な時間を過ごしていた。

この南風座は、創業者が戦争中に軍の仕事についていたとかで、戦争が終わると不要になった飛行機の格納庫をもらい受けて、それを映画館にしたんだそうだ。かまぼこみたいな形をしていたので、「かまぼこ映画館」とも呼ばれていた。トモエ学園も、いらなくなった電車の車両を教室にしていたけど、昔の人は、そういうリサイクルが上手だった。入り口にはシュロの木が植えられていて、映画館の名前にふさわしい南国的な雰囲気《ふんいき》が漂《ただよ》っていた。

なぜ南風座が好きだったかというと、ちゃんとした新作の洋画が上映されていたからだ。本当は、学校の帰りに寄ってはいけない決まりになっていたけど、トットたちは新作を一日でも早く観たくて、先生たちの目を盗《ぬす》んで南風座通いに精を出した。

香蘭の先生にも南風座ファンが多いと、ある日わかった。

その日の南風座は、人気シリーズの最新作が始まったばかりで、とてもこんでいた。トットとともだちは、どうしてもその映画が観たかった。もぎりの人から「もう席はないですよ」と言われたけど、いちばん後ろの立ち見の人たちに混ざって、そこから観ることにした。

暗闇《くらやみ》の中で二人並んで観ていたら、遅《おく》れて入場してきた女の人がトットの肩《かた》にぶつかった。

「あら、ごめんなさい」

聞き覚えのある声の主の姿を、スクリーンの光がぼんやりと映し出した。

「あっ！」

トットは思わず叫《さけ》んだ。ゴッチャン先生だった。

「しっ！」

ゴッチャン先生は人差し指を口に当て、トットたちの肩に手を置くと、なにも言わずに奥《おく》へ進んでいった。

「私も見逃《みのが》すから、あなたたちも見逃してね。とにかく映画を楽しみましょう」

ゴッチャン先生の手のひらから、トットはそういうサインを読み取った。

そのとき上映されていたのは、ボブ・ホープとビング・クロスビーという二大スターが共演する「珍道中《ちんどうちゅう》シリーズ」の一作。『シンガポール珍道中』なのか『アラスカ珍道中』なのかが思い出せないけど、凸凹《でこぼこ》コンビが、世界中いろんな国で珍道中を繰《く》り広《ひろ》げるミュージカル・コメディだった。

トットは、ボブ・ホープのしゃべり方がすっかり気に入ってしまい、上映後はさっそくモノマネを試《ため》してみた。次の日、学校で練習の成果を披露《ひろう》したら、映画を観ていないともだちも笑ってくれた。ゴッチャン先生に見てもらったら、もっと笑ってくれるだろうなと思ったけど、ゴッチャン先生の手のひらを思い出して、我慢《がまん》した。

学年が進むにつれてますます映画好きになったトットは、恵比寿《えびす》の映画館にも行くようになった。そこでは、ヨーロッパの映画が上映されていた。朝の八時から夜の九時ぐらいまで、八本連続でフランスの名画がかかることを知って、それを観にいったこともある。ママには「明日は学校の行事の準備があるから、いつもより遅《おそ》くなります」なんて嘘《うそ》をついた。

そんなある日、トットは、その後の人生を左右する運命の映像に出会った。イタリアオペラの代表作の一つ『トスカ』の映画を観てしまった！

プッチーニ作曲の『トスカ』は、情熱的な歌姫《うたひめ》トスカと画家カヴァラドッシの悲恋《ひれん》が描《えが》かれた作品だ。トスカがカヴァラドッシを訪ねる教会の場面から、サンタンジェロ城から身を投げる最後の場面まで、トットは、トスカの歌声と衣装《いしょう》に釘《くぎ》づけになってしまった。

歌姫トスカは、大きい扇子《せんす》で顔を隠《かく》すようにしながら優雅《ゆうが》に登場し、高く澄《す》んだソプラノで

「アアア〜」と華《はな》やかに歌った。ドレスには豪華《ごうか》なレースやリボンの装飾《そうしょく》。大きく開いた胸《むな》もとには、揺《ゆ》れるたびに輝《かがや》きを放つダイヤモンドのネックレス。髪《かみ》には何本もの縦ロールがあり、その一つずつに花が飾《かざ》られていた。

わあ、素敵《すてき》！　戦争が終わったばかりで、着るものがほとんどなかったトットからすれば、夢としか思えなかった。

その夢は、トットのすべての感覚をかき乱した。

あの人になろう！　トットは決心した。

「オペラ歌手になる」

小さいころのトットは、スパイと、チンドン屋さんと、駅で切符《きっぷ》を売る人になりたかった。幼いころ、バレエの『白鳥《はくちょう》の湖《みずうみ》』を観《み》たときは、自分もいつかはバレリーナになりたいと思った。トモエ学園の小林《こばやし》先生の前で、「大きくなったら、この学校の先生に、なってあげる」と宣言したこともあったけど、大好きなトモエは空襲《くうしゅう》で焼けてしまった。女学生になったトットは、昔ほど「○○になりたい」という明確なイメージを抱《いだ》かなくなっていた。

でもママからは「自分がやりたいと思うことを存分に学んでほしい」と言われていたし、トットは、その「やりたいこと」が見つかるまで待つつもりだった。

『トスカ』を観たのは、そんな矢先のことだ。

トットの好きなものをぜんぶつめこんだような「オペラ歌手」という職業が、トットの目の前に忽然《こつぜん》と現れた。トットは、自分に才能があるかどうかなんて考えもせず、「オペラ歌手になる」と勝手に決めた。

「神さまはどんな人間にも、かならず飛《と》び抜《ぬ》けた才能を一つ与《あた》えてくださっている。でも、たいがいの場合、人間はその才能に気づかず、違《ちが》った職業を選んで一生を終える。アインシュタインやピカソといった人たちは、うまく才能と職業がぶつかったケースだ」

トットが『トスカ』を観たのは、だれかがそんな話をしてくれたときでもあった。自分にどんな才能があるかなんて、まったくわからなかったけど、これからの人生でもっとも大切なのは、自分の才能を見つけて職業に結びつけることだと考えた。

でも、オペラ歌手になると決めても、なにをどこでどう勉強すればいいのかがわからない。香蘭のともだちに相談すると、「それは、やっぱり音楽学校じゃないの？」と言われた。トットのママは、音楽学校に通っているときにパパと出会って結婚《けっこん》したので、まずはママに「オペラ歌手になりたいと思うんだけど」と、おそるおそる相談してみた。

するといつもの感じで答えが返ってきた。

「そうなの。いいんじゃない」

善は急げだ。トットはそのころ香蘭女学校の四年生。当時は学制の移行時期で、六三三制が本格的に始まる過渡期《かとき》だった。旧制の中学校や女学校は五年制だったけど、四年で卒業して上の学校に進学する生徒も少なくなかった。

トットも、女学校を四年で卒業して音楽学校に進めたらいいなと思った。一日でも早く音楽学校に入って、一日でも早く上達すれば、すぐに役がもらえると考えた。とても短絡的《たんらくてき》だったけど、そんなふうに考えた原因は戦争中の配給制度にあった。あの長い行列！ 当時のトットには、行列には先に並べば、ものがもらえるという、早い者勝ちの発想が染《し》みついていた。

東京じゅうを走りまわり、いくつかの音楽学校の窓口で「入学したいんです」とかけあってみた。すると、学校によっては「いくら、寄付してもらえますか？」とはっきり聞いてくるところがあった。戦後すぐということもあり、校舎を建て直したり、変更《へんこう》になった学制に対応するためにカリキュラムを充実《じゅうじつ》させたりで、先立つものが必要だったのだろう。

お金の話はよくわからなかったけど、しばらく考えて、寄付の額で合格かどうかが決まると理解した。ただ、理解はできても残念ながら、こう答えるしかなかった。

「父には内緒《ないしょ》で試験を受けますので、寄付は無理だと思います」

「父には内緒」は本当だ。パパは女が仕事をするとか、ましてや歌手になるとか、そういう世界でもみくちゃにされてほしくないという考え方だと、ママから聞かされていた。

いくつかの候補の中で、ママが通っていた東洋音楽学校《とうようおんがくがっこう》からは寄付のお願いをされることはなく、普通《ふつう》に入学試験を受けることができた。そして、無事合格。トットは東洋音楽学校の学生になった。

入学早々にショックな出来事があった。トットが観た『トスカ』の美しい歌声は、本人のものではなくて、別のソプラノ歌手が歌ったところに、トスカ役の女優さんが口をあわせたと知らされた。そんなことを教えてくれなくてもいいのに、同級生の男の子がこう言ったのだ。

「ほら、ソプラノ・ブスにテノール・バカって、昔からいうじゃないか。あれだよ」

トットも、ソプラノ志望だった。

迷い道

東洋音楽学校は山手線《やまのてせん》の目白駅《めじろえき》から歩いて十五分ぐらい、雑司が谷《ぞうしがや》の鬼子母神《きしもじん》の目の前にあった。入学してからも、トットはできる限りたくさんのオペラを観《み》るようにしていたけど、そのうちに、「オペラ歌手になりたい」から一歩進んで、「この曲が好き！」「これが歌いたい！」という具体的な目標が生まれてきた。

それが、モーツァルトの傑作《けっさく》オペラ『魔笛《まてき》』で歌われる「夜《よる》の女王《じょおう》のアリア」だった。

「ハァアア　アッハハハハハハハ　ハー」

あのフレーズの歌唱法はコロラトゥーラ・ソプラノと呼ばれていて、コロコロと転がすような歌い方をする「夜の女王のアリア」は、ソプラノ曲の最高峰《さいこうほう》といってもよい歌曲だった。

トットは一人のときに歌ってみたことがある。無理することなく高い音を出して、声を転がすことができた。

「コロラトゥーラ・ソプラノを極《きわ》めたい」

トットの決意は固まった。

ちなみにだけど、『徹子の部屋』のオープニングのあの曲にはもともと歌詞がついていて、「コロラチューラ」という言葉が使われていた。

高い声を出すとき　より目にならないように
笑うときはできる限り　コロラチューラで
ワサビ　カラシ　コショウ　などは控《ひか》えめに〜
煙草《たばこ》はとくにぜったい〜　禁物よ〜
お酒はこれはぜったい〜　やめられな〜い

これは、ソプラノ歌手の島田祐子《しまだゆうこ》さんと共演していた『即興音楽劇《そっきょうおんがくげき》』というコンサートのテーマソングで、「やめられな〜い」のあとに、「ハハハハハハ、ハハハハハハハ、ハ〜〜」とコロラトゥーラで歌い上げる部分があった。

作詞は山川啓介《やまかわけいすけ》さん、作曲はいずみたくさんだ。『徹子の部屋』のスタッフが、番組のオープニング曲をいずみたくさんにお願いしたところ、このテーマソングは時間的にも三十秒でちょうどいいから、これを使いましょうということになったのだった。みなさんもぜひ、この歌詞を『徹子の部屋』のあのメロディで歌ってみてください。

音楽学校で声楽を教えてくださっていた高柳二葉《たかやなぎふたば》先生は、藤原歌劇団《ふじわらかげきだん》にも所属して、ソプラノ歌手としてとても活躍《かつやく》されていたけど、トットがあこがれるコロラトゥーラ・ソプラノではなかった。コロラトゥーラ・ソプラノの先生は、学校以外のところで探すことにした。ママに相談することも考えたけど、もう子どもじゃないんだし、自分でなんとかしようと思った。ソプラノ歌手といえば、大谷洌子《おおたにきよこ》先生の名前がすぐに浮《う》かんだ。電話番号を調べて電話をかけたら、あっけないぐらいすぐに「いいですよ」と言ってくださり、住所を頼《たよ》りにご自宅兼《けん》レッスン場を訪ねた。東洋音楽学校からもわりと近かった。

居間にはグランドピアノがあった。トットがレッスンに伺《うかが》うと、先生は彫《ほ》りの深い顔立ちに、アイラインまできっちり入れたメイクと赤い口紅、布のたっぷりしたドレスのような服装で迎《むか》えてくださる。トットに歌を教えるときも、優雅《ゆうが》な雰囲気《ふんいき》を崩《くず》さない先生を見て、オペラの世界と現実に自分の生きている世界がつながっていることが、先生の魅力《みりょく》なのかもしれないと思った。

大谷先生は当時から、『椿姫《つばきひめ》』のヴィオレッタが当たり役といわれていた。ただ、ヴィオレッタが歌うアリアの「花から花へ」もソプラノだけど、トットが魅了《みりょう》された、か細い音符《おんぷ》の連なりをコロコロと転がすように歌うコロラトゥーラとは、また違《ちが》った。残念なことに大谷先生も、コロラトゥーラ・ソプラノではなかった。

いま考えてみると、トットがあこがれるコロラトゥーラが出てくるオペラの演目は、じつは数えるほどしかなくて、そのうちの一曲が『魔笛』の中の「夜の女王のアリア」だったのだ。当時の日本では、このオペラが上演されることはなく、トットがコロラトゥーラの先生にめぐりあえないのは、仕方ないことだったのかもしれない。

音楽学校にはイタリア語やドイツ語の授業もあった。「夜の女王のアリア」を歌うのにドイツ語の発音はとても大事だし、語学の素養は、オペラを歌うときにどうしても必要になる。

学校も大変だったと思う。語学の授業は大勢で受けられるからいいとしても、声楽を勉強するときは男子と女子で分かれ、さらに声の高さで分かれ、楽器をそろえるのだって、ピアノ、ヴァイオリン、チェロ……とキリがなかった。それぞれの先生を集める苦労も、並大抵《なみたいてい》のことではないだろう。「コロラトゥーラじゃなきゃいや！」だなんて、わがままを言っている場合ではなかった。

それなのにトットは授業に身が入らず、先生の選ぶ曲と自分が歌いたい曲とのギャップを埋《う》めきれず、夢と現実の溝《みぞ》は広がっていくばかりだった。その代わりと言ってはなんだけど、しょっちゅう教室から失礼しては、池袋《いけぶくろ》まで映画を観にいっていた。しかも教室の窓から抜《ぬ》け出《だ》して。

サボったり、ときにはまじめに授業を受けたり、大谷先生のレッスンを受けたり、その日暮らしみたいな音楽学校生活を送りながら、トットの心の中に迷いが生まれてきたのは事実だった。トットよりもずっと歌の上手な先輩《せんぱい》たちですら、オペラ歌手として活躍できないまま、結《けっ》婚《こん》したり、音楽の先生になったり、音楽関係の会社にお勤めしたりしていた。世の中のきびしい現実を見る思いがした。

チェロが専門の男子学生にともだちがいた。

「一日だけチェロを貸してくださらない？」

トットがそう頼《たの》むと、彼《かれ》はあっさり「いいよ」と応じてくれた。

学校帰りに、いきなり巨大《きょだい》な荷物を預かったトットは、最初こそ、なんだか格好いいと思ったけど、持ち上げてみてあまりの重さに驚《おどろ》いた。トットが帰る時間の山手線はいつもこんでるし、こんなものを抱《かか》えて満員電車に乗れるはずがない。

東洋音楽学校の卒業式で。

失敗したかな。

そう思っても、引き返すわけにもいかず、なんとか目黒駅《めぐろえき》までたどり着いて目蒲線《めかません》に乗りかえた。電車の中では、いろんな人がチェロにぶつかった。やせこけた女の子が大きなチェロを抱えているのは、さぞかしおかしかったろうと思う。

家に着いたときはもうクタクタ。こんなもの借りてくるんじゃなかった。でも、せっかく持ってきたんだから、とりあえず弾《ひ》いてみましょうと思いなおした。

ちょうどいい高さの椅子《いす》があったので、その上に腰《こし》かけてポーズを決めると、なんとなく様《さま》になっているような気がしてくる。

左手で弦《げん》を押《お》さえてみた。

硬《かた》いっ！

チェロの弦は、想像していたよりもずっと太くて硬かった。たった数秒間押さえるだけで、指先がジンジンして、弦の跡《あと》が指にくっきりとついた。

これはダメだ。

弾きはじめてからものの三分も経《た》たずに、トットのチェリストへの夢は潰《つい》えた。

次の日、男子学生にチェロを返した。

「どうだった？」

「すぐに弾けるようになると思った私が、あさはかでございました」

オペラ『魔笛』に登場する王子タミーノと鳥刺《とりさ》しのパパゲーノは、魔法の笛と魔法の鈴《すず》を使って敵を攪乱《かくらん》したり退治したりするけど、上手に楽器を操《あやつ》れるというのは、それだけで魔法使いになったようなものなんだ。

ヴァイオリニストの父を持ちながら、楽器の才能にまったく恵《めぐ》まれなかったトットは、心からそう思うのだった。なにしろ、五歳《さい》からピアノを習いはじめたのに、『ねこふんじゃった』ぐらいしか弾けなかったのだから。

藤原歌劇団に就職した先輩から、オペラ演出家の青山圭男《あおやまよしお》先生が『蝶々夫人《ちょうちょうふじん》』の公演助手を探していると聞いた。助手がなにをするのかはわからなかったけど、オペラの制作現場が見られるなんてめったにない機会だと思い、やらせていただくことにした。青山先生は、パパのことをヴァイオリニストとして認めてくださっていたので、話は早かった。

いっそ、オペラの演出家になるのはどうなんだろう？　トットはオペラが好きだし、若いわりには数多く観ていた。自分の才能を仕事に活《い》かせるのは、ごくわずかな、才能に恵まれた人だけかもしれない。でも、トットはまだ自分の才能がどこにあるかがわからないのだから、なんでもやってみることが大事なはず。そんなふうに考えた。

青山先生から「これどう思う」と聞かれたら自分の意見を言い、「あれ取ってきて」と言われたら素直《すなお》に取りにいった。トットは走りまわったけど、役に立てたかどうかはわからない。

でも、『蝶々夫人』は無事上演の運びとなった。後のことだが、青山先生が考えついた『蝶々夫人』のクライマックスの演出は、ニューヨークのオペラカンパニーがずいぶん長いこと使い続け、観客の涙《なみだ》を誘《さそ》い続けた。

トットは青山先生の仕事ぶりを振《ふ》り返《かえ》った。青山先生の仕事は、一言で言うなら「どうするかを決める」ことだった。歌手の動きはこれ、衣装《いしょう》はこれ、音楽はこれ、美術はこれ。演出家は作品に精通していなければならないとはいえ、青山先生の精通ぶりは半端《はんぱ》ではなかった。トットにはとうていできそうもないと、怖《お》じ気《け》づいてしまった。

出口の見えない迷路《めいろ》を歩いていた。

トットの才能は、いったいどこにあるんだろう？

悩《なや》み多き音楽学校時代に、トットが癒《い》やされていたもの。それはなにかというと、昼休みに、授業のあとに、そしてときには授業を抜け出して食べる一杯《ぱい》のラーメンだった。

トットがラーメンの味に目覚めたのは、東洋音楽学校に通うようになってからだったけど、お気に入りのラーメン屋さんが、学校のすぐ近くにあった。

お店の名前は「宝軒《たからけん》」。いわゆる町の中華《ちゅうか》料理屋さんで、ラーメンは一杯三十五円。手打ちの麺《めん》が自慢《じまん》の店で、こんなにおいしいものは食べたことがない、と思うくらいのおいしさだった！　ガラガラッと扉《とびら》を開けたとたんに、お出汁《だし》のいいにおいが鼻をくすぐる。カウンターに座《すわ》ると、ご主人が一心不乱にいそしむ麺作りの過程も見ることができた。

壁《かべ》に開いている穴から、太い竹の棒がビューンと伸《の》びている。その下には麺を伸ばすための台があって、そこに円盤《えんばん》のような形の麺生地《めんきじ》が置かれている。ご主人が竹の棒に片足を引っかけると、円盤に圧力がかかる仕組みだ。かかとを使って、ヒョイヒョイとうまく竹の棒を転がしながら、ご主人は上手に生地を伸ばしていった。

トントントントン。

澄《す》んだ音を出すパーカッションみたいに、竹の棒の音がリズミカルに響《ひび》いた。麺が「ダメです、もうこれ以上は伸びません！」って、悲鳴を上げそうなぐらいまでうすく広がったところで、その麺を折りたたみ、はしからザクザクと切っていく。

麺打ちの作業は、ご主人の技《わざ》を見るのも、おいしそうな音を聞くのも好きだった。でも、なにより好きなのは、もちろんラーメンの味だ。トットは毎日といってもいいくらい、学校帰りに立ち寄った。

お昼休みは、ともだちみんなで鬼子母神のベンチに腰かけて、焼きイモを頬張《ほおば》りながら話をすることもあった。鬼子母神は安産の神さまなので、おなかの大きい女の人が毎日何人も来てはお参りをしていた。お母さんらしい人につきそわれた若奥《わかおく》さんふうの人もいたし、子どもを何人も連れて、「またですよ！」という感じのおばさんもいた。寒そうな顔で走ってきて、拝んで、またすぐ走って帰る女の人もいた。おなかの大きい犬が神社の境内《けいだい》を横切ることもあって、トットたちは大笑いした。

パパの復員

その日が来るまで、出征《しゅっせい》から五年以上の歳月《さいげつ》がかかったことになる。昭和二十四年の秋に、「十二月の末には日本に帰れる」というパパからのはがきが届いた。家族全員、それはもう小《こ》躍《おど》りして喜んだ。おばあさまは郵便屋さんのことを「ちょっとちょっと」と呼び止めて、おめでたいことだからとご祝儀《しゅうぎ》をあげたぐらいだ。

シベリアの捕虜《ほりょ》収容所からの帰還者《きかんしゃ》を乗せた復員船は、日本海に面した京都の舞鶴港《まいづるこう》に入港し、帰還者はそこから汽車に乗って、それぞれの故郷《ふるさと》に帰ることになっていた。舞鶴には家族のための連絡所《れんらくしょ》があって、そこに手紙を出しておけばパパが受け取れることもわかったので、トットは手紙を書いて舞鶴に送った。

「パパ、お帰りなさい。長いあいだ本当にご苦労さまでした。家じゅう元気で、パパのお帰りを楽しみに待っています。パパの家は、大井町線《おおいまちせん》の北千束の、昔と同じ場所に建っています。赤い屋根と白い壁《かべ》の小さな家です。早く帰ってきてください」

十二月が終わりに近づいたある朝、近くの薬局のおばさんが、「今朝の六時のニュースで、お宅のご主人が帰国したと言ってましたよ」と言って、わが家に駆《か》けこんできた。

シベリアに抑留《よくりゅう》されていたパパが、ようやく日本に帰ってくる。

紀明は九歳《さい》、パパが出征した年の春に生まれた妹の眞理は、パパの記憶《きおく》がないまま五歳になっていた。それはそれは長い月日が流れたけど、シベリア抑留者の帰国事業は昭和二十二年から三十一年にかけて行われたそうなので、比較的《ひかくてき》早めに帰国できたほうかもしれない。

家族そろって品川駅《しながわえき》まで迎《むか》えに行くと、久しぶりに対面したパパは、ヴァイオリンのケースを大事そうに抱《かか》えて列車から降りてきた。

「トット助《すけ》！　大きくなったなあ！」

パパは五年前と少しも変わっていなかった。なつかしさとうれしさで、トットの胸の奥《おく》は熱いものでいっぱいになった。

その夜は、本当に久しぶりにパパを囲んで、家族水入らずの食事をした。メニューはもちろん牛肉のステーキだ。出征するまでのパパは、台所に立つことなんて一度もなかったのに、食事が終わってお手伝いさんがパパのお皿をかたづけようとしたら、パパはすっと立ち上がり、「けっこうです、自分でやります」と言って食器を洗いはじめた。

これにはみんなびっくり。ママも「あら」というように目を丸くして、パパがかたづける様子を眺《なが》めていた。収容所の習慣がつい出てしまったようで、お手伝いさんは困っていたけど、ママは「やらせておけばいいわよ。どうせ二、三日のことだから」と笑っていた。実際一週間もしないうちに、もとのパパに戻《もど》り、家事はいっさいやらなくなった。

帰国してしばらくは、仕事関係の方たちが次々に訪ねてきて、とてもにぎやかだった。パパは東京交響楽団《とうきょうこうきょうがくだん》にコンサートマスターとして迎《むか》えられ、ヴァイオリニストとしての復帰を果たした。


すべてが以前と同じように動き出した。でも、軍隊のことやシベリア抑留の話になると、パパの口は重くなった。

「パパはシベリアでなにをしていたの？」

トットが質問しても、

「シベリアは寒かった。零下《れいか》二十度ぐらいのところで、収容所から収容所へ屋根のないトラックで移動して、ヴァイオリンを演奏していた」

ぐらいしか語らない。子どもには話したくないつらい体験があったんだろうと思った。

ママがパパから聞いた話をつなぎあわせると、パパのシベリア体験はこんなふうだった。

パパの所属する部隊はソ連軍に武装解除され、全員がシベリアの収容所に送られた。最初は炭鉱で強制労働をさせられていたけど、その労働環境《かんきょう》はとてもひどくて、週に一度のごちそうも、コーリャンの混じったわずかなごはんに、キュウリの塩もみとニシンの塩漬《しおづ》け程度のものだった。でも、魚嫌《ぎら》いのパパはニシンが食べられなかった。

パパが連れていかれた炭鉱には一般《いっぱん》のロシア人もたくさん働いていて、パパはあるおばさんと話をするようになった。「家族はいるの？」と聞かれたので、肌身離《はだみはな》さず持っていた家族の写真を見せると、おばさんは、「こんなきれいな奥さんや子どもたちがいるんだから、あんたはここから逃《に》げようとして撃《う》たれたらダメよ。ちゃんと生きて帰りなさい」という意味のことを、身振《みぶ》りを交えて話した。パパは、そのおばさんの言葉にずいぶんはげまされたそうだ。

そんなある日、ソ連軍の高官から直々に呼ばれてこう言われた。

「聞いたところでは、君は日本では有名なヴァイオリニストだそうだね。今後君には、日本人収容所を慰問《いもん》して演奏をしてもらいたい」

シベリア抑留中の、いつ祖国に帰れるのかもわからない絶望の日々に、望郷の念に駆《か》られた捕虜たちのあいだから、日本の歌が聴《き》きたいという強い希望が起きたそうだ。パパは、ヴァイオリンを与《あた》えられ、音楽好きの戦友を募《つの》って慰問音楽団を作り、いくつかの日本人収容所をまわる活動を始めた。『荒城の月《こうじょうのつき》』や『ユーモレスク』などを弾《ひ》いて、やんやの喝采《かっさい》を浴びた。『東京音頭《とうきょうおんど》』とか『丘《おか》を越《こ》えて』とか、パパの知らない曲をリクエストされたときは、くわしい人に何回か歌ってもらい譜面《ふめん》を作った。屋根のないトラックの荷台に乗せられ、零下二十度の雪原を何時間もかけて移動するのは過酷《かこく》そのものだったろうけど、それでも、人の心を慰《なぐさ》める活動ができたのは、よかったと思う。

日本では、軍歌を弾いてほしいという要請《ようせい》を断りつづけたパパだったけど、シベリアでは、歯を食いしばって強制労働に従事している人たちからリクエストされた曲は、軍歌でもなんでも一生懸命《いっしょうけんめい》に演奏した。復員後に東京の町で見知らぬ人から声をかけられて、「シベリアでヴァイオリンを聴かせてもらいました」とお礼を言われたことも、一度や二度ではなかった。ソ連軍の将校から「モスクワに行って、音楽学校の先生として残らないか」と勧《すす》められたときは、少し考えたと言っていた。「日本人の女性は、みんなアメリカの軍人の女になった」と言われたりもしたそうだ。でもパパは、そんなはずはないと思って、モスクワ行きを断ったのだった。

捕虜になった人たちは、寒さと栄養失調でバタバタと倒《たお》れてしまったと聞いたけど、パパが日本に戻《もど》ってこられて本当によかった。もしパパがシベリアの地で死んでいたら、トットはパパを死に追いやっただれかを憎《にく》みながら、その後の人生を生きることになっただろうから。

シベリアから帰国したパパのコートの胸ポケットには、あの日、おはぎといっしょに届けた家族写真が、大事にしまわれていた。

いいお母さんになるには

トットが気づいたとき、東洋音楽学校の同級生たちの多くは、すでに就職が決まっていた。

レコード会社だったり、学校の音楽の先生だったり、それから藤原歌劇団に入団する人もいて、卒業後の進路を話すときの、同級生の顔が輝《かがや》いて見えた。みんなはただラーメンや焼きイモを、食べていただけではなかった。

同級生には、卒業後に『踊子《おどりこ》』などのヒット曲で、歌手として有名になる三浦洸一《みうらこういち》さんがいた。もうレコーディングをすませて、デビューが決まっているという話だった。トットだけ身の振《ふ》り方が決まっていないと知ったときには、けっこう落ちこんでしまった。

ある日、帰り道の電信柱に、ポスターが貼《は》ってあるのを見つけた。

「人形劇『雪《ゆき》の女王《じょおう》』公演　銀座交詢社《ぎんざこうじゅんしゃ》ホール」

へえ、銀座でやるんだ。人形劇って、どんなふうにするのかな。いまはテレビでも放送されるので、みんなが知っているけど、当時はまったく見当がつかなかった。

トットは、『雪の女王』がアンデルセンの書いた童話だということは知っていた。それまで人形劇というものを観《み》たことがなかったし、「銀座」の二文字にも少し惹《ひ》かれてしまった。パパとデートをした思い出の町だし、諏訪ノ平で聴《き》いた『東京《とうきょう》ラプソディ』もなつかしかった。

一人で行くのは少し気後《きおく》れがしたけど、日曜日の午後、思い切って行ってみることにした。

交詢社のホールは子どもたちでいっぱいだ。気持ちのいい音楽が始まると、少し太った元気のいいお姉さんが、両手に男の子と女の子の人形をはめて登場した。お辞儀《じぎ》をして、人形劇の舞台《ぶたい》の下に体を沈《しず》める。舞台の上には人形だけが残り、いよいよ人形劇が始まった。

トットは椅子《いす》から少し体をずらして、舞台の下にもぐっているお姉さんを横からのぞいてみた。お姉さんは膝《ひざ》をついて、両手の人形を動かしている。子どもみたいな声で歌ったり、しゃべったり、そうかと思うと、ステージのはしからはしまで走ったり、飛《と》び跳《は》ねたり、汗《あせ》びっしょりになって演じていた。客席の子どもたちは、好奇心《こうきしん》丸出しの笑顔《えがお》で身を乗り出し、ちぎれんばかりの拍手《はくしゅ》を送っていた。

クライマックスが近づいてきた。雪の女王が、男の子のカイと女の子のゲルダに恐《おそ》ろしいことを命令したとき、「かわいそう」とか「ひどい」とか、客席の子どもたちのささやく声が聞こえてきた。このとき、トットは不思議な感情に襲《おそ》われた。『トスカ』の映画を観たときとはまったく違《ちが》った、なにかやさしいもので満たされたような、昔から知っているともだちと出会ったみたいな気持ちがした。

大拍手のうちに、人形劇『雪の女王』は終わった。

新橋駅《しんばしえき》まで歩きながら、トットは考えた。もし、今日のお姉さんみたいなことがトットにもできたら。たくさんのお客さんに見せる人になるのじゃなくて、自分の子どもに見せることができたら。

音楽学校のともだちが、次々に就職先を決めていたせいだろうか。当時の言葉でいうなら「職業婦人」になる夢は遠いものになり、「結婚《けっこん》」の二文字が妙《みょう》に身近になってきていた。

「結婚すれば、子どもが生まれる。掃除《そうじ》、洗濯《せんたく》、お料理ができるお母さんはたくさんいても、人形劇のできるお母さんはそうはいないんじゃないかな」

家に着くまでのあいだ、トットは空想にふけった。

「今日のような人形劇を、お母さんがやって子どもに見せられたら最高だけど、せめて子どもが寝《ね》つくまでのあいだ、枕《まくら》もとで上手に絵本を読んであげることができたら。そんなお母さんになら、なれるかもしれない。そうだ、トットは、子どもに上手に絵本を読んであげるお母さんになろう！」

お母さんになるには、その前に結婚をしなくてはならないが、トットはそれを飛《と》び越《こ》して、ベッドの中で布団《ふとん》から首を出している子どもの姿を想像した。子どもの笑い声までもが、聞こえてくるような気がした。

『雪の女王』の人形劇は、若き日の影絵《かげえ》作家、藤城清治《ふじしろせいじ》さんがプロデュースしたということ、音楽はすべて芥川也寸志《あくたがわやすし》さんが作曲したこと、男性四人のコーラスは、まだプロになる前のダーク・ダックスだったことなどは、このときのトットが知るはずもない。でも、上質の『雪の女王』を観たことが、トットの人生を決めるきっかけになったことは、間違《まちが》いなかった。

人形劇をやっていたお姉さんがとても一生懸命《いっしょうけんめい》だったことや、子どもたちがとても喜んでいたことを、トットはママに熱く語った。そしてママに尋《たず》ねた。

「絵本の読み方や、人形劇のやり方を教えてくれるところなんてないかなあ」

「そうねえ、新聞に出てるんじゃないの？」

ママにそう言われて、トットはその日のみ、新聞を開いてみた。

「ＮＨＫでは、テレビジョンの放送を始めるに当たり、専属の俳優を募集《ぼしゅう》します。プロの俳優である必要はありません。一年間、最高の先生をつけて養成し、採用者はＮＨＫの専属にします。なお、採用は若干名……」

なんという偶然《ぐうぜん》！　新聞のまん中にＮＨＫの広告を見つけて、トットはピンときた。テレビジョンがなんなのかはよくわからなかったけど、朗読の仕方とかを教われば、絵本が上手に読めて、いいお母さんになれるに違《ちが》いない。

トットはパパにもママにも内緒《ないしょ》にして、さっそく履歴書《りれきしょ》を送った。

何日か経《た》って、ＮＨＫから書留が届いた。「受かったのかな」と思って封《ふう》を切ると、トットが送った履歴書が出てきた。「履歴書は持参しなさいと書いてあったはずなのに、どうして郵送したのですか」という内容の手紙が同封されていた。失敗！　もうやめておこうとも考えたけど、履歴書の締《し》め切《き》りは二日後。まだ間にあう。

トットはその日のうちに、日比谷公会堂《ひびやこうかいどう》のすぐとなりのＮＨＫに、履歴書を持参した。受験番号「五六五五番」のカードをもらい、そんなに大勢の人が受験するのか、新聞には「採用は若干名」って書いてあったけど、「わかぼしめい」は何名なんだろう？　そんなことを考えながら家に帰った。パパに、「わかぼしめいってなあに?」と、とぼけた感じで聞いてみた。パパは、「じゃっかんめいのことだろう。人数は決まってないけど、いい人がいたら採用するというときに使う言葉だよ」と説明してくれた。

採用試験が始まった。「赤巻紙、青巻紙、黄巻紙」の早口言葉を言う一次試験を通過して、二次の筆記試験に進むことになった。ところがこのときも、トットは失敗をした。試験会場は御茶《おちゃ》ノ水《みず》の明治大学《めいじだいがく》だったのに、トットはＮＨＫに行ってしまったのだ。

もうここまでやめようと思って新橋駅まで歩いているとき、ふと、定期入れの中に千円札を一枚隠《かく》し持《も》っていることを思い出した。

「これで明治大学まで行けますか?」

タクシーの運転手さんに千円札を見せた。

「行けるよ」

「お願いします!」

明治大学に着くと、係のおじさんが「早く、早く!」と手を振ってくれて、五分の遅刻《ちこく》で試験会場の階段教室にすべりこむことができた。

「上と下で関連するものを、線で結んでください」

「カルメン—ビゼー」「イサム・ノグチ—彫刻家《ちょうこくか》」とか、すぐにわかるものもあったけど、昭和二十七年度の放送部門の芸術祭賞受賞作品は、みたいな、放送や演劇に関する問題はむずかしかった。それがぜんぶで二十問ぐらい。トットは思わず、となりの席の眼鏡をかけた男の人に尋ねてしまった。

「教えていただけませんか？」

するとその人は、トットを見すえてはっきりとした声で言った。

「いやです」

そりゃ、そうでしょうね。

二つ目は、四字熟語の意味を書く問題。これはまあ、だいじょうぶ。三つ目は、「最近聴いたNHKラジオの番組名を書いてください」というもの。お正月の恒例《こうれい》になっている、宮城道《みやぎみち》雄《お》さんのお琴《こと》とパパのヴァイオリンの『春《はる》の海《うみ》』を聴いたことを思い出したので、答案用紙に大きく「宮城道雄の琴と、ヴァイオリンの二重奏による『春の海』」と書いた。パパには内緒の受験だったから、パパの名前は書かなかった。「お正月らしい、すばらしい曲だと思いました」とつけ加えた。

最後の問題は、「あなたの長所と、短所を書きなさい」だった。

やっと、自分を知ってもらえる問題に出会えたと思い、トットは鉛筆《えんぴつ》を握《にぎ》り直《なお》した。「長所」には、ためらうことなく「素直《すなお》」と書いた。ママからいつもそう言われていた。次に「親切」と書き、「ともだちがそう言います」と書き加えた。

でも、消しゴムで消したり書いたりしているうちに、とうとう紙が少し破けてしまった。早く書き上げた人は答案用紙を提出して階段教室を出ていく。トットが答えを教えてもらおうとして断られた男の人も、「じゃあ」と言って立ち去った。いい人なのかもしれないと思い、気を遣《つか》わせたことを気の毒に思った。

「短所」には、じつはよく読むと長所とつながることを書こうと考えた。でも、「大食い」とか「散らかす」しか思《おも》い浮《う》かばない。最後にこうつけ加えた。

「私は楽天的なせいか、いろんなことを、すぐ忘れてしまいます。母はときどき、私に、『ちょっと参考のために聞いておきたいんだけど、さっきあなた、自分で、失敗したとか言って、ワァワァ泣いてたわね。でも、いま、そうやって、ゲラゲラ笑って、オセンベをボリボリ音を立てて、食べてるでしょう？　少しは、さっきの泣いたこと、どっかに残ってる？』と聞きます。そんなとき考えてみると、私は、さっきのことをすっかり忘れています。反省とか悩《なや》みをすぐ忘れるのですから、これも短所と思います」

時間が来た。

急《せ》きたてられるようにトットが立ち上がったとき、大きな階段教室はガランとして、もうほとんど人は残っていなかった。

でもなぜか、トットはこの筆記試験も通った。

三次試験を受ける前に、ママにＮＨＫ劇団《げきだん》の俳優になる試験を受けていることを報告した。絵本を読むのが上手なお母さんになりたいからＮＨＫを受験することや、パパには反対されるに決まっているから黙《だま》っていてほしいことを伝えた。

ママはトットの気持ちをわかってくれたし、トットもママに話したら、孤軍奮闘《こぐんふんとう》から解放されて、気持ちが少し軽くなった。

三次試験のパントマイムはやったことがなかったので、前の人のマネをしたら、なぜか試験官は大笑いだった。四次の歌の試験では、試験官から「履歴書には声楽科と書いてあるけど間違いないんだね」と怪訝《けげん》そうに尋ねられたりもした。とても受かる自信はなかったけど、なんとかパスすることができて、最終の面接試験に臨《のぞ》んだ。

面接では受験の動機を聞かれて、「いいお母さんになりたいんです」と答えたら、「なにを言ってるんだ」と笑われた。

履歴書の父親の欄《らん》には「不明」と書いておいたのだが、パパについての質問もあった。

「黒柳って、ヴァイオリンの黒柳さんと関係があるの？」

「うーんと」

でも、嘘《うそ》はいけない。

「父です」

「お父さんに相談してきた？」

「父に相談したら、そんなみっともない仕事はやめろと言われるに決まっているので、黙って受験しました。あ、みっともないというのは、父の考えです」

「お父さんは反対する？」

「こういう世界はだます人が多いからやめなさいって、きっと言われると思います」

トットが必死に答えるたびに、試験官たちは笑いころげた。

さすがに自分でも、これでは受かるはずがないとあきらめていたが、面接試験の翌日、トットがいないときにＮＨＫの偉《えら》い人が家までやってきて、対応したママにトットの内定が伝えられた。そして、「守綱《もりつな》さんはお許しになるでしょうか」とも聞かれたそうだが、ママは上手に答えてくれた。

信じられなかったけど、この日のうれしさはずっと忘れないでいようと思った。

パパには、ママがうまく説明してくれたみたいだ。パパはトットに、「やってみるといいね」と言ってくれた。

トット、女優になる

ゼンマイ仕掛《じか》けのフランス人形

ＮＨＫ専属の東京放送劇団《とうきょうほうそうげきだん》第五期生採用試験が終わったのは、昭和二十八年二月のことだった。二月一日からはＮＨＫのテレビジョン放送が始まっていて、巷《ちまた》の話題も「テレビジョン」のことで持ちきりだった。トットたちは、テレビ時代の一期生としての期待も背負っていたことになる。

六千人もの応募者《おうぼしゃ》の中から残ったのは、女性十七人、男性十一人の計二十八人。最初の応募者がおよそ二百分の一まで絞《しぼ》られたけど、これで最終合格というわけではない。さらに三ヵ月の第一次養成期間を経て、若干名《じゃっかんめい》の採用者が最終的に決まるのだから、まだまだ気をゆるめるわけにはいかなかった。「若干名」がどのぐらいかはだれにもわからない。二十八人は不安な気持ちを抱《かか》えながら、テレビやラジオの俳優として必要な実技や知識を学ぶことになった。仕事を持っている人でもそのまま通えるように、平日は夕方六時から夜九時まで、土曜が休みで、日曜は午前十時から午後三時までという時間割だった。

始業式の日、トットたちはＮＨＫの道を隔《へだ》てた向かい側にある、観光ホテルの日本間に集合した。授業で使うのは、畳敷《たたみじ》きの宴会場《えんかいじょう》のような部屋だった。

二十八人の中には、すでに映画俳優や舞台《ぶたい》俳優として、有名ではないけど活躍《かつやく》している人が大勢いた。学校で演劇の勉強をしてきた人もいた。まったくの新人はトットぐらいかもしれない。緊張感《きんちょうかん》の高まりとともに、初日の講義が始まった。

スーツにネクタイ姿の人が何人か挨拶《あいさつ》をしたあとで、庶務《しょむ》の人がこう言った。

「この方が、朗読や物語を教えてくださる大岡龍男《おおおかたつお》さんです。ふだんは、NHKの文芸部に勤務しています」

その人は、いつものスーツ姿の人たちとは違《ちが》う、柔《やわ》らかい雰囲気《ふんいき》のおじいさんだった。毛のない頭に、毛糸のボンボンがついた正《しょう》ちゃん帽《ぼう》をかぶり、ベッコウの丸い眼鏡《めがね》をかけ、こげ茶色のカーディガンを着ていた。腰《こし》をかがめて上半身を倒《たお》すようにして歩くのだが、けっして転んだりはしなかった。

トットはこのおじいさんに、がぜん興味を持った。はじめて会ったずっと年上の人なのに、なんともいえない柔らかな物腰《ものごし》と、自分のことには無頓着《むとんちゃく》な感じが、少しだけトモエ学園《がくえん》の小林《こばやし》先生に似ているような気がした。

「みなさんの担任の先生というか、めんどうを見てくださる方です」

庶務の人にそう紹介《しょうかい》された大岡先生は、手の甲《こう》で口もとを隠《かく》すようにして、子どもみたいにはにかんだ笑顔《えがお》を浮《う》かべて、こう言った。

「担任の先生なんて、そんなんじゃございません。小間使いとでも思っていただければよろしいんで。それにしても、みなさま、ここまでお残りになるの、大変でございましたねえ」

口もとを隠している手の甲がふっくらとしていた。ていねいな言葉遣《ことばづか》いで、もの知りそうなのにおくゆかしくて、なんだか謎《なぞ》めいていた。大岡先生が、高浜虚子《たかはまきょし》の門人であり、写生文の達人であることをトットが知るのは、それから四十年以上も経《た》ってからのことだった。


連日の観光ホテル通いが始まった。

教室の大広間に着くと、自分たちで座卓《ざたく》とお座布団《ざぶとん》を並べて、先生が来るのを待った。香蘭《こうらん》時代もお寺の教室だったから、靴《くつ》を脱《ぬ》いでお座布団に座《すわ》って授業を受ける寺子屋形式は、なんだかなつかしくもあった。トットは、かならずいちばん前に座ることにした。後ろに座ると、となりの人とおしゃべりをしてしまうと思ったからで、これも香蘭時代と変わらなかった。

大岡先生のほかには、セリフの基礎《きそ》は、ＮＨＫの演劇課長だった中川忠彦《なかがわただひこ》先生、動きなどの基礎演技は、のちにテレビの美術部長になった佐久間茂高《さくましげたか》先生。音声学は、東大や東京藝大《とうきょうげいだい》で教えていらした颯田琴次《さったことじ》先生、芸能についての講義は、のちにＮＨＫの会長になった坂本朝《さかもとども》一《かず》先生。タップダンスは日劇《にちげき》のスターだった荻野幸久《おぎのゆきひさ》先生。観光ホテルにはホールもあったので、タップダンスの授業はそこで受けることができた。

当時のトットには、先生の顔ぶれの豪華《ごうか》さがピンときていなかったけど、最初の一週間が過ぎた日曜日の新橋駅《しんばしえき》までの道すがら、仲間の一人がしみじみとつぶやいた。

「この先生たちの授業を、一人ずつお願いして月謝を払《はら》うとしたら、いったいいくら払えばいいのか想像もつかないなあ」

養成の仲間たちは専門的な知識が豊富で、お芝居《しばい》や放送のことにくわしかった。みんなが興奮ぎみに「すごい」「すごい」と話すのを聞いて、トットは、「そうか。そのぐらいNHKは本気なんだな」と感心した。


養成が始まってひと月ほどが過ぎたころ。

「トットさま！」

朗読の授業が終わると、大岡先生から呼び止められた。大岡先生は、トットのことをいつからか「トットさま」と呼ぶようになっていた。

「トットさまの声と節まわしは、まるでゼンマイ仕掛けのフランス人形がしゃべっているようですね」

えっ、ゼンマイ仕掛けのフランス人形？　トットには意味がわからなくて、黙《だま》ったまま大岡先生の顔を見つめた。すると先生は、ニコニコしながらこう続けた。

「トットさまはジメジメしたところがなくて活発で、巻いたゼンマイが勢いよく解かれるように、一気にしゃべり終える。そんな意味で言ったんですが、わかりにくかったですかね。ホ、ホ、ホ」

「フランス人形」と言われたときは、ほめられたのかもしれないと思ったけど、「ゼンマイ仕掛け」の説明は微妙《びみょう》だった。

大岡先生には、ちょっと仙人《せんにん》みたいなところがあって、なにかを話してトットがきょとんとしていると、まるで手品のようにふっと姿を消してしまう。トットに「なぞなぞ」みたいな言葉を残して、目の前からサッといなくなるのだ。

でも、大岡先生が「さま」をつけて呼ぶ生徒は、トットだけだったし、休み時間に、トットがみんなの前で、覚えたての落語なんかを披露《ひろう》していると、遠くからそれを見て笑っていたりして、なんとなく、大岡先生はトットのことを気にかけてくれているのかなあと感じていた。

ヘンな声

「今日はみなさんに、ご自分の声を聞いてもらいます」

三ヵ月の養成期間が終盤《しゅうばん》に差しかかったある日、大岡先生がニコニコしながら言った。

全員の声を一人ずつテープレコーダーで録音して、それを聞いてみようというのだ。もちろんそれは、二十八人にとって生まれてはじめてのことだった。

テレビ放送が始まったときの、NHKとの受信契約数《けいやくすう》は八百六十六件で、五人家族で一台のテレビを観《み》たとしても、日本中でテレビを観ている人は四、五千人というところ。いまからは信じられない数字だけど、そんな時代に、テープレコーダーは、放送局の中でもNHKとほかのいくつかの局にしかない、とても貴重な機械だった。

自分の声を聞いてみる！　トットたちは、いつもの観光ホテルの日本間から飛び出して道路を横切り、NHKの第五スタジオに向かった。このスタジオに来るのは採用試験のとき以来。あのときは歌を歌う試験だったけど、今回はセリフをしゃべることになる。

トットたち女性が、大岡先生から渡《わた》されたのは、旦那《だんな》さんの態度に業《ごう》を煮《に》やしたお妾《めかけ》さんが旦那さんを詰問《きつもん》する場面のセリフで、一気にまくしたてるような内容だった。

みんなで次々に録音した。このころになると、なにごともトットの順番は最後が指定席になっていた。なぜかというと、トットの番になるとかならずゴタゴタが起きるからだ。大岡先生はそれを見越《みこ》して、全員でなにかの課題をするときは、みんなの模範《もはん》になるような人から始めることにしたのだった。

全員の録音が終わって、順番に再生して、みんなでキャアキャア言いながら聞いた。いよいよトットの番が来た。

「クロヤナギテツコ」

最初に、自分の名前が聞こえてきた。鼻にかかったようなあまったるいような、でも愛想《あいそ》のない不思議な感じで、とても自分の声だとは信じられない。トットは大声で叫《さけ》んだ。

「すみませーん！　これ、機械がこわれています。直してください」

すると、ガラスの向こうのミクサーさんはキッパリと言いきった。

「機械はこわれていません。これはあなたの声です」

トットは混乱してしまった。

「私の声、こんなにヘンじゃありません。絶対にNHKの機械はこわれています」

何度そう訴《うった》えても、ミクサーさんは「これがあなたの声です」としか言ってくれない。

こんな声じゃ、放送に出られない！　こんな声のことを大岡先生は「ゼンマイ仕掛けのフランス人形のよう」と言ってくれたのかと思ったら、悲しくなって、養成の仲間や大岡先生やミクサーさんのいる前で、トットは泣き出してしまった。

するとミクサーさんは、さっきよりも少しやさしい声で言った。

「自分の耳で聞くのと実際の声とでは、違《ちが》って聞こえるものです。口や頭の中で共鳴した音が自分の耳に聞こえるからね」

ミクサーさんは親切にも、もう一度はじめからトットの声を再生してくれた。でも、それを聞いて、トットはもっと泣いてしまった。

「こんな声じゃない。こんなヘンな声じゃない」

その日一日、トットはずっと泣いて暮らした。自分の声にびっくりして泣き出しているようでは、きっと若干名《じゃっかんめい》には残れなくて、みんなとお別れになるかもしれないと思ったら、よけい涙《なみだ》が止まらなくなった。

養成仲間の二十八人はあっという間になかよくなり、「卵の会」を結成した。数日後にすべての授業が終わり、採用される若干名が決定する段になって、もし一人でもNHKが落としたら、受かった人全員で結束して、「全員を採用してくれなきゃいやですと、ストライキをしよう」と決めたりしていた。三ヵ月の第一次養成期間の最終日は、「絶対ね」「絶対な」と口々に誓《ちか》いあい、新橋の駅前で別れた。

数日後、「合格」を知らせる速達はがきが家に届いた！　NHKに通いはじめてからまだ三ヵ月しか経《た》っていないのに、ずいぶんいろんなことを経験したなと思いながら、その日を過ごした。もちろんうれしかったけど、絵本が上手に読めるお母さんになりたいトットが、テレビジョンという新しい世界に足を踏《ふ》み入《い》れたなんて、とても信じられない出来事だった。

そして三日後、観光ホテルに十七人の合格者が集合した。「また会えてよかった」と喜びを分かちあったのも束《つか》の間《ま》、一年間の第二次養成期間が始まった。

合格通知がはがきだったために、ストライキのことはすっかりうやむやになってしまった。トットの中には、その後何年経っても、「あのとき、約束を破って悪かったな」という気持ちが残ったけど、合格しなかった若干名の人たちとは、その後、一度も会うことはなかった。

「トットさま！」

廊下《ろうか》を歩いていると、背中のほうから聞き覚えのある声がした。大岡先生だ。トットが振《ふ》り向《む》くと、いつものように近づいてきた大岡先生が、手で口もとを隠《かく》しながらこう尋《たず》ねた。

「あなた、ご自分がなぜ採用されたか、ご存じ？」

とても唐突《とうとつ》だったので、トットがびっくりして「そんなこと、知りません」と答えると、大岡先生は「ホ、ホ、ホ」と愉快《ゆかい》そうに笑って、こう言った。

「私が感心したのは、養成期間中、トットさまだけが無遅刻《むちこく》、無欠席だったことです。私はこれまで、一期生と四期生を受け持ってきましたが、無遅刻、無欠席というのは、トットさまがはじめてです。熱心なところはすばらしい。ただ、あなたの試験の点は、とっても悪かったんです。だけど、試験官の先生がたが、『これだけ演技についてなにも知らないと白紙みたいなものだから、テレビジョンというまったく新しい分野の仕事を、素直《すなお》に雑念なく吸収するかもしれない』って。つまり、吸い取り紙ですね。手垢《てあか》のついていない子を一人ぐらい採用して、テレビジョンといっしょに始めてみましょうって。そういうことだったんですよ。つまり、あなたは無色透明《とうめい》！　そこがよかったんですよ」

トットが「えー、無色透明ってどういうこと？」と思っていると、またまた手品のように、大岡先生はトットの目の前から消えてしまった。

やっぱり、成績はよくなかったんだ。才能があるとか、顔がいいとかで採用されたとは思わないけど、少しぐらいは演劇的な理由なんじゃないかと考えてたのに……。

無色透明なんだ。

トットは口をポカンと開けて、大岡先生の行方《ゆくえ》を捜《さが》した。

「トットさま、どちらへ？」

第二次の養成期間も、いちばん前の席がトットの指定席になった。

先生方の陣容《じんよう》はさらに厚みを増して、俳優で演出家でもあった青山杉作《あおやますぎさく》先生、芸術論の池田《いけだ》弥三郎《やさぶろう》先生、日本舞踊家《にほんぶようか》の西崎緑《にしざきみどり》先生らが加わった。

青山先生のことは、出演された映画を観《み》ていたし、俳優座《はいゆうざ》の創設者だということも知っていた。その青山先生から「女座長さん」と呼ばれたことがある。トットに似合っているからということだったけど、トットとしては、諏訪《すわ》ノ平《たいら》の女座長さんのことを思い出してドキッとした。そんなにトットは女座長向きなのだろうか？

青山先生は授業中にメトロノームを使うことがあった。セリフとセリフの間《ま》を取るためだったけど、メトロノームを見ると、トットは条件反射のようにパパのヴァイオリンのレッスンを思い出した。音楽に使うのはわかるけど、セリフは器械に頼《たよ》らないで、もっと気持ちに頼った指導をすればいいのにと思ったりもした。

タップダンスの荻野先生からは、NHKの授業が終わったあと、週に三回個人レッスンを受けるようになった。先生のステップのリズムを「チリタンタチリタ、チリタチリチタ」と口三味線《くちじゃみせん》にして覚えるのが、トット流タップダンス速成術だった。

「カラーテレビの実験放送用のモデル」になったこともある。いそいそと世田谷《せたがや》の砧《きぬた》にあるNHKの研究所に出かけたら、顔の右半分を紫色《むらさきいろ》に、左半分を白色に塗《ぬ》られた。「そのままずっと、カメラの前に座《すわ》っていてください」と言われたので、「せめてピンクにしていただけませんか」と頼《たの》んでみたけど、技術の人は「今日は紫の日です」と言って、受けつけてくれなかった。カラーテレビのモデルと言われてイソイソと出かけたのに、トットはシマウマのようになって、一日中カメラの前に座らされていた。

昭和二十九年四月。トットたちは、晴れてNHK専属の東京放送劇団第五期生として、正式に採用された。お母さんになる予定だったトットは、この日から女優になったのだった。

NHK劇団の新人には、まずはじめに「ガヤガヤ」という仕事があてがわれた。ガヤガヤとは、わかりやすくいうと「その他大勢の声」のこと。NHK劇団員となったトットたちは、はじめて本放送のガヤガヤに使ってもらうことになり、同期生たちといっしょに、ラジオのスタジオに入った。

そこはなんと、大流行のラジオドラマ『君《きみ》の名《な》は』の現場だった。当時一世を風靡《ふうび》したこのラジオドラマは、毎週木曜、夜八時半からの生放送。東京大空襲《とうきょうだいくうしゅう》の夜、銀座《ぎんざ》の町で、見知らぬどうしの真知子《まちこ》と春樹《はるき》が出会うところから始まるメロドラマだ。その時間はこの番組を聴《き》くために、銭湯の女湯が、がら空きになったというのは有名な話だけど、主題歌を歌っていたのが、東洋音楽学校《とうようおんがくがっこう》時代に声楽を教えてくださった高柳二葉《たかやなぎふたば》先生だと知ったときにはびっくりした。

「はい」と手渡《てわた》された台本は、一人一冊。でも、台本にガヤガヤのセリフが書いてあることはなくて、そのシーンにあったセリフを自分たちで作って、考えて言わなければならない。

主人公の真知子と春樹が道ばたで話していると、近くで男の人が倒《たお》れる。ラジオなので、そこに「パタリ」という効果音が入り、マイクのそばにいる真知子と春樹が「あら?」とか「どうしたんだ?」とか言う。それと同時にガヤガヤは声をひそめて、「どうしたんですか?」「死んだんですか?」「救急車呼んだほうがいいんじゃないでしょうか?」などと言って、本当に人が倒れた感じを出すのが役目だった。

はじめてのガヤガヤだったので、真知子役と春樹役の声優さんも参加して、トットたちの特別稽古《げいこ》をすることになった。

ガラス窓の向こうで演出家がキュー（演技開始の合図）を出すと、トットたち五期生は、八十センチぐらい離《はな》れたところから主役の二人を取り囲み、口々に思い思いのセリフを言った。

するとガラス窓の向こうにいる演出家の声が、スピーカーから聞こえてきた。

「だれかなあ、一人だけ声が目立つんだけど。小さい声でもう一回やってみて」

そう言われてやりなおすと、すぐにまたスピーカーから声がした。

「そこのパラシュートスカートのお嬢《じょう》さん」

どうやら、トットのことらしい。

「キミね、一人だけ目立ってる」

トットは、もし自分が道を歩いていて倒れている人に遭遇《そうぐう》したら、どんなふうに声をかけるだろうと想像して、セリフの言い方を考えた。死んでいるかもしれないのに、声をひそめて「どうしたんですか？」と聞く気には、どうしてもなれなかった。大きな声で「どうしたんですか！」と叫《さけ》んだほうがいいと思ったから、そうしたのに。

「キミはね、みんなよりちょっと……そうね、三メートルぐらい離れて」

さっきまで八十センチだったのが、さらに三メートル、みんなから離れることになってしまった。

仕方なく、それまでよりもっと大きい声で、「どうしたんですかっ！」と叫んだ。ガラス窓のほうに目を向けると、音量を調整するミクサーさんが、耳を押《お》さえて飛び上がったように見えた。

「お嬢さん！　もうずっとそのまま後ろに下がって、ドアのところからやってみて」

スタジオのドアを指差されて、トットはトボトボとそこに向かった。同期生たちとは、もう十メートル以上離れていた。トットは「どうしたんですか――っ！」と、ありったけの声で叫んだ。

演出家がガラス窓からやってきて、トットに向かってこう言った。

「ガヤガヤの人が大声を出すとね、ラジオでそれを聴いている人が、この人は特別な役なのかな、あとでまた出てくるのかなと思っちゃうんだ。印象を強くしないで、ガヤガヤなんだっていうことに、つまり、その他大勢に徹《てっ》しないとね……。お嬢さん、今日はもう帰っていいよ。伝票はつけておくから」

伝票というのは、劇団員が仕事をすると、演出家が何時から何時までどこのスタジオでなんの番組に出演したかを書きこんで、劇団の部屋に貼《は》り出《だ》される書類のことだ。劇団員がサインをして庶務《しょむ》に提出すると、庶務の人が一時間いくらで計算して、月給として払《はら》ってくれる。仕事をしないで帰されると収入にならないので、演出家はそれを気にして親切に、「伝票はつけておくから」と言ってくれたのだ。ちなみに、当時のトットの出演料は一時間五十九円。NHKで教育を受けたからということで、お給料はとても安かった。

でもトットは、収入のことより、一人だけ帰されるほうが悲しかった。

トットは、スタジオの外のベンチでみんなが終わるのを待った。せめて新橋の駅までは、同期生のみんなといっしょに帰りたかった。お汁粉《しるこ》を食べる約束もしていたし。

それ以来、どの番組のどの演出家のスタジオに行っても、ガヤガヤをやる段になると、トットは決まってこう言われた。

「お嬢さん、帰っていいよ。伝票はつけとくから」

もっとひどいときは、

「あれ、来ちゃったの。帰っていいよ。伝票つけとくから」

その日も、トットはテレビスタジオの外のベンチで本を読みながら、みんなが終わるのを待っていた。すると、そこにいつものように、大岡先生がふっと現れた。

先生は、トットの座《すわ》っているベンチに横座《よこずわ》りみたいに腰《こし》をおろし、いつものとおり、手《て》の甲《こう》で口を隠《かく》すしぐさをしながら、

「トットさま、今日はどちらのお仕事？」

と尋《たず》ねた。

「笠置《かさぎ》シヅ子《こ》さんのテレビで、ガヤガヤの仕事だったんですけど、伝票はつけておくからって言われちゃいました」

テレビのガヤガヤというのは、通行人みたいな役のことだ。笠置シヅ子さんが商店街のセッ

トの中で、パラシュートスカート姿で「今日は朝から」と『買物《かいもの》ブギー』を歌っているとき、トットは、そのすぐ後ろを通った。「わてほんまによう言わんわ」と歌ってる笠置さんを見ないように、でも楽しそうに、スッと通らなければならない。ところがトットは、道のまん中で歌ってる人がいるなんておもしろいなあと、ジロジロ見ながら歩いた。すると、スタジオの上のほうから声がかかった。

「ジロジロ見ない！」

トットは、お魚屋さんの前で歌っている人を見かけたら、少しは見るんじゃないのと反論したくなった。

「スーッと行く、スーッと」

トットの洋服とか、いろんなものが目立つのがよくないらしい。トットは言われたとおり、スーッと早足で通りすぎた。ところがまた、上から声が響《ひび》いてきた。

「テレビの画面は狭《せま》いから、速すぎると、なんだか黒い影《かげ》が通ったように見える！」

「はい」

トットはゆっくりと、パントマイムのマルセル・マルソーのように、つまりスローモーションで歩いてみた。

「忍者《にんじゃ》じゃない！」

「はい」

「今日は帰っていいよ。伝票つけとくから」

スタジオでの一部始終をトットが説明すると、大岡先生はそれ以上は尋ねず、かといって元気づけてくれることもなく、「ふ、ふ、ふ」と笑った。

「いま、トットさまは、なにをお読み？」

そう言いながら、トットが読みさしの本の表紙に目をやると、あっという間に姿を消してしまった。

トットは養成時代から、「もういいよ」とか「その個性、引っこめて！」なんて言われることが何度もあった。だから、一人で同期生を待っていることもしょっちゅうだった。

そんなときに慰《なぐさ》めてくれるのは、決まって大岡先生だった。どこですれ違《ちが》っても、一日に何度でも、かならず声をかけてくれた。

「トットさま、どちらへ？」

それが廊下《ろうか》だろうと、エレベーターの中だろうと、トイレの前だろうと、大岡先生の言葉は決まっていた。正式にNHK劇団員になってからも、どこからともなく現れて、「トットさま、どちらへ？」と聞いてくれた。大岡先生に会うだけで、「ちゃんと見て、気にかけてくれる人がいるんだ」という気がした。とても心強い、おまじないのような先生だった。

そんな大岡先生のおかげで、トットはどんなに叱《しか》られても、役を降ろされても、「もうダメだ」と自分の能力のなさに絶望したりはしなかった。「新人だし、そもそも絵本が上手に読めるお母さんになりたいだけなんだから」と考えて、状況《じょうきょう》を受け入れていた。呑気《のんき》だっただけかもしれないけど。それにしてもトットは、ガヤガヤが苦手だった。

涙《なみだ》の本読み室

あの日の悲しさ、悔《くや》しさを、トットは一生忘れないと思う。

ラジオのガヤガヤの仕事が終わって第一スタジオから出てきたところで、劇団一期生の男性の先輩《せんぱい》に呼び止められた。それまでいっしょのスタジオで、ラジオドラマの主役を演じていた人だった。

「ちょっと話がある。本読み室が空いているから、ここで」

先輩はぶっきらぼうにそう言うと、一スタ前の本読み室のドアを開けて、スタスタと入っていった。いやな予感がしたけど、先輩に話があると言われたら、ついていかないわけにはいかない。

部屋はガランとして、うす暗かった。椅子《いす》に座《すわ》って話すのかと思ったら、赤ら顔に眼鏡《めがね》を光らせた先輩は、立ったままトットのほうを向いて、いきなり言った。

「おまえのセリフは、それでも日本語か？」

怖《こわ》いと思ったのを気取《けど》られないように、トットはていねいに聞いた。

「私の日本語、どういうふうにおかしいですか？」

「どういうふうにもこういうふうにも、とにかくヘンなんだよ。ぜんぶが！」

トットには、返す言葉が見つからなかった。

トットのしゃべり方が、これまでのＮＨＫ劇団の人たちのしゃべり方と違《ちが》っていることはわかっていた。でもそれは、日本語そのものじゃなくて、しゃべるスピードだったり、ガヤガヤをするときのボリュームの大きさの違いだった。

「速すぎる！」とか「大きすぎる！」とか、演出家から叱《しか》られることはもちろんあった。みんなはラジオの話し方の速度がわかっていたけど、トットは、そこがいつもうまくいかなくて、人より早口なのにそのままの速さでしゃべってしまうから、いけなかった。声の大きさもそうで、ヒソヒソとか、ワイワイとか言われても、「自分だったらこうしゃべる」という気持ちが勝《まさ》って、調節がきかなくなるのだ。

でも、いま目の前にいる先輩は、トットの日本語のすべてがヘンだと言っている。

「中村《なかむら》メイコのマネでも、してやがんのか？」

下を向いているトットに向かって、先輩は追い打ちをかけてきた。中村メイコさんといえば戦前から子役として活躍《かつやく》している女優さんだ。そのことは、放送界にうといトットでも知っていた。でも当時は、ラジオのメイコさんの声を聞いたことがなかったし、テレビにいっしょに出るようになるのも少しあとのことだったから、メイコさんがどんなしゃべり方をするのかなんて、まったく知らなかった。それに、もし声を聞いたことがあったとしても、人マネがどんなに恥《は》ずかしいことなのかは知っているつもりだった。

だからトットは、先輩に向かって叫《さけ》んだ。

「マネなんて、してません！」

いばっていた先輩が、一瞬《いっしゅん》だけ怯《ひる》んだように見えた。

「明日までに、ぜんぶ直してくるんだな」

先輩はそう言い捨てて乱暴にドアを開けると、ドカドカと大きな音を立てながら本読み室を出ていった。

それまでも、いろんな先輩からいろんなことを言われてきた。でも、「だれかのマネをしている」と言われたのは、トットにとって耐《た》えられない屈辱《くつじょく》だった。だれかのマネなんかしたら、トモエ学園の小林先生に「君は、本当は、いい子なんだよ」と言われたことや、ママに「素直《すなお》なだけが取《と》り柄《え》です」と言ってもらったことも、ぜんぶ否定することになると思った。

トットがＮＨＫ劇団員になってから泣いたのは、あとにも先にもこのときだけだった。

本読み室のコンクリートの壁《かべ》を拳《こぶし》で叩《たた》きながら、トットは一人で泣いた。拳がヒリヒリしてきたので、今度は足で壁の下のほうをドンドンと蹴《け》った。心の中から悲しさとか悔しさとか怒《いか》りとか、いろんな感情があふれてきて、なにかにぶつけなければ収まりがつかなかった。

どのくらい時間が経《た》っただろうか。いつしか陽《ひ》は落ち、本読み室はまっ暗になり、部屋の空気も冷たくなった。同期生たちは、もういなくなっているはずだから、泣きはらした顔はだれにも見られなくてすみそうだ。

「マネなんて、してません！」

もう一度口にしたけど、トットの涙は止まらなかった。

先輩の言葉に打ちひしがれたトットは、そのときＮＨＫで、子ども向けラジオドラマの大型新番組の準備が進められていることを、まだ知らなかった。

『ヤン坊《ぼう》ニン坊トン坊』

「オーディションがあるって、いったいなんだろう」

トットたちがラジオの第二スタジオに駆《か》けつけると、そこには、同期生だけではなく、文学《ぶんがく》座《ざ》とかトットでも名前を知っているような劇団の女優さんたちや、個人で活動している人たちなど、とにかく実力のある人たちが一堂に集まっていた。

「どうしたっていうの、これ？」

それは、『ヤン坊ニン坊トン坊』という題名のラジオドラマの、声の出演者を選ぶためのオーディションだった。NHKの人の説明によると、大人も子どももいっしょに楽しめる新番組を制作するに当たり、はじめて大がかりなオーディションを行うことにしたという。「オーディション」は、いまではだれもが知っている言葉だけど、このときは、だれにとってもはじめて聞く言葉だった。

「大人も子どももいっしょに楽しめるって……！」

トットは、このフレーズにピンときた。上手に絵本を読んであげるお母さんになりたいと思っているトットに、向いている番組なのではという気がした。

このオーディションは、トットのためにあるのかも！　と思った。

『ヤン坊ニン坊トン坊』は、三匹《びき》の白い子ザルのお話だ。

インドの王さまからの贈《おく》りものとして、中国の王さまのところに船に乗せられてやってきた三匹の白い子ザルが、中国を抜《ぬ》け出《だ》して、ふるさとのインドで待っているお母さん、お父さんのもとに戻《もど》るまでの冒険《ぼうけん》物語。歌もたくさん入った、楽しい夢のあるドラマだった。それまでのラジオドラマは、戦争中の設定のものや、戦争で家族を失った子どもたちのことを扱ったものが多かったけど、NHKはこのとき、明るくて前向きになれる番組を作ろうという決心をしたようだった。

いまでこそ、子どもの声を大人の女優が演じるのはあたりまえだけど、当時のラジオドラマでは、子どもの声は本当の子どもがやっていて、ＮＨＫには東京放送児童劇団《とうきょうほうそうじどうげきだん》という、そのための劇団もあるぐらいだった。でも、『ヤン坊ニン坊トン坊』の脚本《きゃくほん》をお書きになった劇作家の先生は、スタジオに遅《おそ》くまで子どもがいて、収録の合間に宿題をやっているのを見るのは忍《しの》びないと考えたそうだ。歌を歌う場面もあるので、譜面《ふめん》をもらってすぐに歌うのは子どもには無理だろうという理由もあった。それで、大人でも子どもの声が出せる人を発掘《はっくつ》しようということになって、ＮＨＫ始まって以来の大オーディションが開催《かいさい》されたのだ。

会場では、二ページ分ほどのセリフのやりとりが書いてある台本と、歌の譜面を渡《わた》された。顔が見えると公平な審査《しんさ》ができないからと、トットたちと審査員席のあいだには衝立《ついたて》が置かれている。経験者が多かったから、オーディションの進行はスムーズだったけど、それでも「困ったなあ。私は譜面が読めないの」と混乱している人が何人かいて、トットはそういう人には少しだけど教えてあげたりもした。音楽学校の経験がこんなところで役に立つとは、考えてもみなかった。

「トン坊をやってください」

トットの番になったとき、そう言われた。トン坊はいちばん年下の子ザルだったから、できる限り、小さな男の子のような声を出してみた。

ほかの人たちは、ヤン坊をやったりニン坊をやったり、途中《とちゅう》で役が変わったけど、トットは違《ちが》う人と組んで台本を読むときも、「トン坊をやってください」と言われ続けた。

オーディションは、何十人もの応募者《おうぼしゃ》の中で、組みあわせを変えながら進められた。終了《しゅうりょう》の声がかかり、あとはその場で結果を待つばかり。みんな不安げな表情を浮《う》かべて広いスタジオで待っていると、十分ぐらいで紙を持った係の人が入ってきた。

ヤン坊から順番に名前が呼ばれた。

「ヤン坊、文学座の宮内順子《みやうちじゅんこ》さん」

「ニン坊、文学座の西仲間幸子《にしなかまさちこ》さん」

「トン坊、ＮＨＫ劇団の黒柳徹子《くろやなぎてつこ》さん」

え、受かったの？

トットは反射的に立ち上がった。ガヤガヤもできない、セリフが日本語になっていないトットが、本当に受かったの？

五期生のみんなが駆《か》け寄《よ》ってきて、口々に「おめでとう」「よかったね」と声をかけてくれたけど、なんだか実感がわかなかった。

「選ばれた三人はこちらへ」と言われて、劇作家の先生と、作曲の先生を紹介《しょうかい》していただくことになり、ますますトットは恐縮《きょうしゅく》した。

選んだことを後悔《こうかい》されなければいいけど……。

いつもみたいに、結局、降ろされたらどうしよう……。

心の中はうれしさよりも不安やとまどいでいっぱいだった。

「この方が、劇作家の飯沢匡《いいざわただす》先生です」

スーツにネクタイ、オールバックの髪《かみ》に、眼鏡をかけたインテリふうの男性を紹介されたとき、トットはお辞儀《じぎ》をしてから、あわててこう言った。

「私、日本語がヘンですから、直します。歌も下手ですから、勉強します。個性も引っこめます。しゃべり方も、ちゃんとしますから……」

すると飯沢先生は、眼鏡の奥《おく》の目を細めてニコニコしながら言った。

「直しちゃ、いけません。あなたの、そのしゃべり方がいいんです。ちっともヘンじゃありませんよ。いいですか、直すんじゃありませんよ。そのままでいてください。それがあなたの個性で、それが僕《ぼく》たちに必要なんです。だいじょうぶ！　心配しないで」

えっ、いいの？

本当に、このままでいいの？

その言葉を聞いたとき、それまでモヤモヤした雲におおわれていた心の中の空が、パーッと晴れていくような感じがした。役を降ろされ続け、「帰っていいから」と言われ続けたトットが、はじめて自分の個性を必要としてくれる人に出会えた。それは、劇団の先輩《せんぱい》から「日本語がヘン！」とどなられた直後の出来事で、もしこのとき飯沢先生に出会わなかったら、トットがNHKに残ることはなかったかもしれないと思う。

大岡先生も、もちろんオーディション会場にいて、こう耳打ちしてくれた。

「トットさまの声を聞いたとたん、作曲家の服部正《はっとりただし》先生が、トン坊役はこれだよ、イメージにぴったりじゃないかとおっしゃって、トン坊役はトットさまで決まりという感じになりましたよ。飯沢先生も、いままでにない特徴《とくちょう》のある声だ。日本の放送劇団では、まったく新しいタイプだねと絶賛でした」

そして、飯沢先生は、世界で最初に原爆《げんばく》被害《ひがい》の惨状《さんじょう》を伝えたジャーナリストでもあると教えてくれた。朝日新聞社《あさひしんぶんしゃ》が出していた『アサヒグラフ』の編集長だった飯沢先生は、原爆投下直後の広島の写真を隠《かく》し持《も》っていて、GHQの占領《せんりょう》が終わった年の八月六日号で発表したのだった。世界中の人がはじめて広島のことを、原爆の恐《おそ》ろしさを、その『アサヒグラフ』で見た。その号は増刷に次ぐ増刷で、大変だったとも聞いた。『ヤン坊ニン坊トン坊』のオーディションがあったこの年、飯沢先生はジャーナリストと劇作家という二つの仕事を一つに絞《しぼ》るために、朝日新聞社を辞《や》めたばかりだった。

「とてもハイカラで、一見やさしそうに見えるけど、きっちりと自分の信念を貫《つらぬ》き通《とお》す、強い部分もある方です」

大岡先生はそう言ってから、

「トットさまのデビュー作品が、飯沢先生で、本当によろしゅうございました」

と付け加えた。本当にそのとおりだと思った。自信をなくしかけていたトットに、「そのままでいてください」「だいじょうぶ！」と力強く言ってくださった飯沢先生と、いっしょに仕事ができるのだから。

その言葉は、トモエ学園の小林先生の「君は、本当は、いい子なんだよ」とも重なって、その後のトットの人生を支え続けてくれた。

仕事と結婚《けっこん》

ラジオドラマ『ヤン坊ニン坊トン坊』は、全国の子どもたちの圧倒的《あっとうてき》な支持を得た。大人向けのラジオドラマの代表作が『君の名は』だとしたら、『ヤン坊ニン坊トン坊』は間違《まちが》いなく子ども向けラジオドラマの代表作となり、昭和二十九年四月から半年間の予定だったのに、三十二年三月まで三年間も続くことになった。

ヤン坊とニン坊の声は、合格した文学座の人たちが芝居《しばい》の旅公演や出産などの理由で続けられなくなり、途中《とちゅう》で、ヤン坊は里見京子《さとみきょうこ》さん、ニン坊は横山道代《よこやまみちよ》さんに交代していた。二人とも、ＮＨＫ劇団の同期生だった。

ところが最初の一年間、三匹《びき》の白ザルの声を大人がやっていることは秘密にされていた。アナウンサーは、毎週、番組の終わりにこう言った。

「ただいまの出演、ヤン坊、ニン坊、トン坊。語り手、長岡輝子《ながおかてるこ》……」

なぜ、大人が声を担当しているのを隠《かく》したのかというと、飯沢先生が「子どもたちの夢をこわしたくない。トリックを明かす必要はない」と考えたからだ。

当初、NHKは、子どもの声を大人が演じるやり方に反対だった。だけど飯沢先生は、子どもの声を出せる女優がかならずいるはずだと考えて、こう主張したそうだ。

「子どもたちを遅《おそ》い時間まで、スタジオに拘束《こうそく》するのはよくない。ヤン坊たちの声を、子どもではなく大人の女性にやらせることをのんでくれなければ、私は番組を降りる」

大規模なオーディションの開催《かいさい》も、飯沢先生の鶴《つる》の一声で決まった。いまでは、洋画もアニメ映画も、とくに男の子の声は大人の女優が吹き替《ふか》えるのがほとんどだけど、大人が子どもの声を演じるのは、当時の放送界の常識をくつがえす出来事だった。

「ヤン坊、ニン坊、トン坊の声を演じているのは、じつは子どもではなく、NHK東京放送劇団の三人組です」

そうNHKが発表したのは、放送開始から一年が過ぎたころだった。NHKは、「番組も好評だし、来年は申年《さるどし》だから、これからはマスコミに大きく取りあげてもらおう」と考えた。NHKの思惑《おもわく》は当たり、ヤン坊役の里見京子さん、ニン坊役の横山道代さん、そしてトン坊役のトットには、新聞や雑誌の取材が殺到《さっとう》する。三人そろって日比谷公園《ひびやこうえん》でインタビューを受けた

いろいろな取材を受けた。

り、上野動物園《うえのどうぶつえん》に連れていかれたり、カメラマンさんが北千束《きたせんぞく》の家までやってきてトットの写真を撮《と》ったり。

たとえば、『週刊朝日《しゅうかんあさひ》』に載《の》った三人のグラビア記事には、こんな文章が添《そ》えられていた。

ラジオ界にひところ「ゴキラ」という言葉が流行《はや》った。ゴジラのもじりである。意味はN・H・Kの声優研究生（原文のまま）の第五期生が、さかんに活躍《かつやく》したから出たものだが、ここに登場の三嬢《じょう》が、その「ゴキラ」の代表である。

この三嬢は芸名よりも、飯沢匡氏の「ヤン坊、ニン坊、トン坊」で有名である。彼女《かのじょ》らの存在が、これでみとめられたからだ。

この「ゴキラ」の特徴《とくちょう》は、テレビと関係がある。セリフだけでなく、歌い、かつ踊《おど》ることが要求された。それに顔の美醜《びしゅう》も……。

彼女らはセリフ回しにも生地《きじ》のよさを出して新鮮《しんせん》さを買われた。このごろ少し芸人くさくなったという説もある。生地のよさを失うなかれである。

里見ヤン坊――愛称《あいしょう》ソーヨ。五尺二寸、十二貫《かん》。
横山ニン坊――愛称ヨコ。五尺三寸、十二貫五百。
黒柳トン坊――愛称チャック。五尺二寸、十二貫。

この記事には「愛称チャック」とあるけど、その由来は、おしゃべりなトットの口にチャックをするということではない。NHK劇団に入るときの朗読の試験で、トットは芥川龍之介《あくたがわりゅうのすけ》の『河童《かっぱ》』の脚本《きゃくほん》を選んだ。たくさん河童が出てくる中に「チャック」という名前の河童がいて、「チャックチャック、チャックチャック」としゃべるのがおもしろかった。トットがそれをくり返しているうちに、みんながトットのことを「チャック」と呼ぶようになったのだ。

この記事は、「顔の美醜」とか「十二貫」とか、いま読むとずいぶん失礼しちゃう文章だけど、こんなふうに、連日いろんなマスコミに取りあげられるようになった。

じつはこのころ、トットは人生で三度目のお見合いをして、結婚を真剣《しんけん》に考えていた。その方は脳外科医《のうげかい》で、「私、結婚してもいいかなと思っているんだけど」と両親にも話していた。

パパは、トットがNHKに入ってお芝居の仕事をすることは許してくれたけど、内心は仕事をするよりもお嫁《よめ》に行ってほしいみたいだった。当時は、女の人が外に出てバリバリ仕事をするより、結婚して家庭に入るほうがずっと一般的《いっぱんてき》だったし、そのほうが女の人にとっては幸せだとパパも思いこんでいたと思う。

結婚に向けて、トントン拍子《ひょうし》で進んでいった。

「お嫁に行ったら、もうそんなに作ってあげられなくなるから」

ママはそう言って、自由ヶ丘《じゆうがおか》にあるお気に入りの洋服屋さんでオーバーコートを仕立ててくれた。なんと四着も。その中でも、ピンク色のプリンセスラインみたいなタイトなシルエット

5周年記念
謝恩マーク
260

週刊 NHKラジオ新聞

昭和25年1月10日
第三種郵便物認可

日本放送協会編集
毎週日曜日発行

NHK RADIO WEEKLY

12月19日から25日までの番組・解説掲載

12月19日・第260号
定価 15円 月極め 60円

昭和26年3月31日
国有鉄道特別扱
承認新聞紙650号

表紙のおしゃべり

黒柳徹子

目下売出し中なり
猿界の専制君主を喝破

〝何が好き?〟と、のつけからバタとした質問寄を試みたら、すかさず〝動物園、デパート見物、〟と答えた。ポンとくればピンと応える。至極明快なお嬢さんだ。そこで、クリスマスも間近い、師走の街を見ながら、動物園―デパートとめぐつてみた。

★動物園★今年はこれで五度目。だけど十二月に来たつてことこれがはじめて。私、おサルが好きなの。見てるととても面白いの。ほらあの真中辺にいる大きなサルが王様よ。専制君主よ。奥さんが何人もいるのよ。そして、餌はまず王様から、権力者の順番にわたつてゆくの。だから、権力のないものはいつも、おあずけになつちやうの。そんなことは、ニテ公のあさましさなんだけど、でも私、そのニテ公をラジオで演つてるのよ。日曜日の子供の時間。三人兄弟の末つ子の〝とん坊〟。八歳の可愛いチビ助なの。私は三人姉弟の長女なんだけど。おサルが好きな私に、おサル役がまわつてきたつていうこと偶然ね。だから張切つてるの。〝とん坊〟は歌もうたうの。歌をうたうと、みんなうつとりとしてしまうんだけど、私の声のせいじやないのよ。

★デパート★買物にくるつていうんじやなくつて、とにかく、中を見て歩くのが好きなんだ。アラ、もう羽子板が出てるのね。あんな大きなクリスマス・ツリー。去年は家でも簡単なツリーを飾つたけど、今年はこれを見てすましちやおうつと。なんて人が多いんだろう。〝たまげたな〟。ハツハハ。私、東北に一年ばかり疎開してたことあるの。青森県の三戸というところ。戦時中よ。そのときはすつかり東北弁をものにしちやつたんだけど、いまは大分あやしくなつて来たの。だから忘れないように、思い出したら使うことにしてるの。ええ? ここで撮つてくださるの。まあステキ。大きなツリーを背景にしてなんて、ステキだなあ―。

〝小ばなし横丁〟〝ぷーラジオ探偵局〟などで活躍している。歌もいけると思つたら、さもありなん東洋音楽学校の声楽科の出である。お父さんはヴァイオリニスト。コミックな味もあるラジオのニュー・フェイス。東京放送劇団五期生。

(スピード・グラフィック 4×5 127 F4.5 ネオパンS S8 50分の1 D23)

俳句かるた

毎年十二月の声を聞くと、ああ今年もとうとう十二月になつてしまつたか、という感をもよおす。そのくせ師走にでもならないかぎり、年の瀬というものは感じられない。ありがたいことに師走も余念もしていない者の、日は、平日と同じ速度で流れてゆくのである。

一昨日の朝と思という感じの人が来て、今度初めて出来た「俳句かるた」なるものをくれた。古典的な名句を集めた「いろはがるた」なのである。取りフダには、いくらか俳画めいた南画が印刷されていたが、読みフダはその画の作者だつた。試みに二、三の例をあげると「い」は青空にタコが二つあがつている画で、「いかのぼりきのうのそらのありどころ蕪村」という文字が新仮名づかいで達筆に記されていた。そして読みフダのほうは全部活字で

春　いかのぼり《いかのぼり》きのふの空のありどころ　蕪村
夏　石工《いしきり》の鑿冷《のみひや》したる清水かな　蕪村
秋　石山《いしやま》の石より白し秋の風　芭蕉
冬　いそがしや沖の時雨《しぐれ》の真帆片帆《まほかたほ》　去来

とある。また「わ」の取りフダはスズメを一羽描いた上に「われときてあそべやおやのないすずめ　一茶」と記され、読みフダにはこの季の句のほかに

夏　渡りかけて藻の花のぞく流かな　凡兆
秋　別るるや柿喰ひながら坂の上　惟然
冬　われぬべき年もありしを古火桶　蕪村

の三句が引用されていた。そして宣伝文に

「文学愛好者、俳句に親しむ方々な昭和の方人が愛誦、愛玩しつつ高度の文化的教養を得るに最適なものであり……特に小、中、高校生諸君はこれを手にすることにより自然と季節し、文学に親しみ、教養を深める結果となり、且つ画、文字は共に画道、書道の御手本ともなり情操教育上比類なきものであります。価一五〇円 数学社」とある。しかし大人には子供つぽすぎ、子供には大人つぽすぎる中途半端な感がないでもない。

小学三年ごろから年末年始によく家族と小倉百人一首を取つた私は、あの何物であるかも知らずに和歌を暗誦したおかげで素朴な和歌に親しみを抱いたことを思い返すと、上述の宣伝文も誇大の言とばかりはいえない。この「かるた」を取る子供は日本人共通の俳句的詩情が早く呼び覚まされるかもしれない。

それはともかく、百人一首以前に「犬も歩けば棒に当る」の「いろはかるた」を取つた私は、五十年前の年の暮が生き返つてきたような長閑な気がした。

発行所 財団法人 ラジオ サービス センター　東京都千代田区内幸町2の12　NHKラジオ新聞会館　電話(59)7166—8
印刷所 日本タイムス社　編集兼発行人 末常卓郎　振替口座番号東京105415番

『NHKラジオ新聞』の取材は、お気に入りのオーバーコートで。

で、襟《えり》には毛皮が、袖《そで》には黒いビロードがあしらわれた一着が、トットのいちばんのお気に入りだった。でも結局、結婚はしなかった。いい人だとは思ったけど、恋愛《れんあい》をしないで結婚するのは残念だと、思いはじめたからだった。

ママはしばらくのあいだ、トットがそのオーバーコートを着て「行ってまいります」と出かけようとすると、小さな声で「結婚サギ！」とつぶやいていた。

結婚願望が強いわけではなかったが、結婚して絵本を上手に読めるお母さんになりたいとい
う意識は、ずっと持ち続けていた。

そのせいかもしれない。仕事が遅くなると、

「もう夜更《よふ》けだから失礼します。ごきげんよう」

と言って、まわりの人たちを唖然《あぜん》とさせたりした。

「プロの俳優が、夜更けだから失礼しますって、なんですか。どこへ行くんですか」

「眠《ねむ》いので、家に帰って寝《ね》ます」

NHKが「テレビ女優第一号」として売り出そうとしても、本人の意識はその程度のものだ
った。

それでも、『ヤン坊ニン坊トン坊』の大成功のおかげで、トットの仕事は急に増えていく。

子ども向けテレビ番組では、人形劇『チロリン村《むら》とくるみの木《き》』（昭和三十一～三十九年）の「ピ

ーナッツのピーコ」役、科学番組『はてな劇場《げきじょう》』（昭和三十二〜三十六年）では、司会の「はてなのお姉さん」役、一般《いっぱん》向けの番組では、ラジオドラマ『一丁目一番地《いっちょうめいちばんち》』（昭和三十二〜三十九年）の冴子《さえこ》さん役……。いずれの番組も大ヒットとなり、トットは忙《いそが》しく、楽しく、仕事に取り組んでいた。

そんなときだった。

あの大晦日《おおみそか》の歌番組の、司会役の話が舞《ま》いこんできた。

「メスですか、オスですか？」

トットは、『紅白歌合戦《こうはくうたがっせん》』の司会をすることになった。それはＮＨＫの専属女優になって、わずか五年目の出来事だった。

いまでこそ国民的歌番組として、だれもが知っている紅白歌合戦だけど、当時はどんな番組だったのかというと、第一回紅白歌合戦が放送されたのは、昭和二十六年一月三日。夜の八時から放送された一時間の特別番組で、紅組、白組各七名ずつの歌手が出場した。まだテレビ放送は始まっていなくて、ＮＨＫのスタジオで行われた歌合戦は、ラジオ番組として生中継《なまちゅうけい》された。

昭和二十八年二月にＮＨＫのテレビ放送が始まり、その年の八月には民放のテレビ放送も始まった。歌番組はテレビ人気を支える大きな柱だったから、ＮＨＫでは、二十九年一月に第四回紅白歌合戦を放送するに当たって、「お正月の紅白歌合戦は、ラジオとテレビで同時中継を」と意気ごみ、大きなホールを押《お》さえようとした。ところが、大劇場はどこも人気歌手のお正月興行の予約でいっぱいで、紅白歌合戦の日程を泣く泣く大晦日《おおみそか》に変更《へんこう》したのだった。

昭和三十年代になると、大晦日の夜は民放各局も、劇場中継の歌番組をぶつけてくるようになった。ところが人気歌手の方たちは、まだ紅白歌合戦をそれほど重要視していなくて、ＮＨＫと民放の生放送をかけ持ちする人が多かった。

そんな時代に、昭和三十三年の第九回紅白歌合戦は行われた。

紅白歌合戦の司会は、トットにとってもかなりの晴れ舞台《はぶたい》だった。「歴代最年少司会者」と言われたりもした。でも、歌番組もいまのように多くはなかったし、そもそも仕事が忙《いそが》しくて歌番組をちゃんと見たことがなかったから、顔と名前が一致《いっち》しない歌手の方もたくさんいらした。

そんなトットに司会役が務まるのだろうかと、不安な気持ちでいっぱいだった。でも、ステージ用の金色のワンピースをオーダーで作ってもらったときには、「わーい！」と心が躍《おど》ってしまった。襟《えり》もとが大きく開いて、ウエストがきゅっと締《し》まって、スカートはバルーン。丈《たけ》は膝《ひざ》ぐらいで歩きやすくしてもらった。ステージを駆《か》けまわっても、だいじょうぶなようにと考えたからだ。

この年の紅白歌合戦は、開館二年目の新宿《しんじゅく》コマ劇場《げきじょう》で行われた。日本《にほん》テレビは有楽町《ゆうらくちょう》の日《に》本劇場《ほんげきじょう》、KRテレビ（いまのTBS）は日比谷の東京宝塚劇場《とうきょうたからづかげきじょう》から、年忘れの歌番組を生中継することになっていた。紅白歌合戦に出演する歌手の方たちは、どちらかの番組に出演してから、新宿コマ劇場に駆けつける人がほとんど。みんな、かけ持ちだった。

当時は「神風《かみかぜ》タクシー」という言葉が大流行していた。昭和三十年代、道路渋滞《じゅうたい》が激しくなる中で、信号や速度制限を無視した荒《あら》っぽい運転をするタクシーを指した言葉で、いまなら流行語大賞に選ばれるぐらい使われていた。

民放の番組と紅白歌合戦をかけ持ちして、荒っぽいスケジュールを渡《わた》り歩《ある》く歌手のことは、神風タクシーをもじって「神風タレント」と呼ばれた。でも、車で移動中に信号無視、速度制限無視では、さすがに命が危ないので、このときはなんと、有楽町や日比谷から新宿の歌舞伎《かぶき》町《ちょう》まで、パトカーとか白バイが先導してくれていた。

そんなのあり？　と思うかもしれないけど、あのころは、そんなのあり！　だった。

「宣誓《せんせい》。われわれはアーチスト精神にのっとり、正々堂々、敵をナックアウトするまで闘《たたか》うことを誓《ちか》います。昭和三十三年十二月三十一日、紅白歌合戦第九回大会、出場選手代表、黒柳徹子」

紅白歌合戦は、トットの選手宣誓で始まった。その声は、いまもＮＨＫに残っている。

白組は、岡本敦郎《おかもとあつお》さんをトップバッターに、小坂一也《こさかかずや》さん、三波春夫《みなみはるお》さん、フランク永井《ながい》さん、ディック・ミネさん、ダーク・ダックスさん、春日八郎《かすがはちろう》さんなどが続き、トリが二年連続の三橋美智也《みはしみちや》さんという顔ぶれ。東洋音楽学校の同級生だった三浦洸一《みうらこういち》さんもいた。紅組は、松島詩子《まつしまうたこ》さん、雪村《ゆきむら》いづみさん、江利《えり》チエミさん、越路吹雪《こしじふぶき》さん、ペギー葉山《はやま》さん、淡谷《あわや》のり子《こ》さん、島倉千代子《しまくらちよこ》さんなどが出演し、こちらもトリは二年連続で美空《みそら》ひばりさんが務めた。

紅白二十五組ずつの歌手たちによる、年の終わりの絢爛豪華《けんらんごうか》なステージは、歌があって、応《おう》援《えん》合戦があって、審査員《しんさいん》の先生が招かれて、もうすでにいまのスタイルの原型ができあがっていた。ただ、いまの紅白歌合戦とのいちばん大きな違《ちが》いは、台本があってないようなものだったことだ。かけ持ちの歌手のだれが到着《とうちゃく》したかを確認して、司会者に伝えるディレクターもいなかった。

ステージ上のトットのところまで、歌手を乗せた車を先導するパトカーの、サイレン音が聞こえてくる。するとやがて、コマ劇場の車寄せにいるスタッフが、ステージのスタッフに向かって叫《さけ》ぶ声が響《ひび》きわたる。

「女、来ました！」

「続いて、男来ました！」

歌手の到着は、みな予定よりも遅《おそ》くなった。なにしろ大晦日で、道がとてもこんでいる。ようやくコマ劇場にたどり着いても、ステージ裏は人の行き来も激しくて、到着したばかりの歌手が男か女かぐらいしか判別できなかった。

そんなバタバタした状況《じょうきょう》のせいかもしれない。トットは前半から大きな失敗をしてしまった。松島詩子さんのことを「渡辺《わたなべ》はま子《こ》さんです！」と紹介《しょうかい》してしまった。

当時のマイクは、スタンドごとステージ中央に固定されていた。松島さんは、イントロに乗せてトットが曲を紹介する中を、マイクに向かって歩いていく。歌いはじめる直前ぐらいにマイクの前に着いた松島さんは、間違《まちが》われた名前を訂正《ていせい》する暇《ひま》もなく、歌いはじめた。

「松島詩子さんの間違いですから、最後に訂正して！」

スタッフからそう言われて、歌い終わったときにマイクに向かって「ごめんなさい、松島詩子さんでした！」と頭を下げた。

そのぐらい混乱していたのだけど、もちろん顔と名前が一致する歌手の方もいらした。暗い中からぼうっと登場しても、トットがすぐ「あ！」と顔と名前が一致したのは、シャンソン歌手の淡谷のり子さんだ。淡谷さんは東洋音楽学校出身で、ママとトットの先輩《せんぱい》に当たる。ママとはとてもなかよしで、わが家にもよく遊びにきていた。

家に来るときはすっぴんで、ふらっと一人で現れる。テーブルの上にメイク道具を広げて、「この目の存在を明らかにせねば！」なんて言いながら、幾重《いくえ》にもアイラインを引いて、つけまつげをつけていた。もちろん紅白のときは、メイクもバッチリ仕上がっていて、トットも、「淡谷のり子さんが歌う『ばら色《いろ》の人生《じんせい》』、ラヴィアンローズです！」と落ち着いて紹介することができた。

白組の司会は、高橋圭三《たかはしけいぞう》さんだった。圭三さんは六年連続で白組の司会をしていて、ピンチをピンチとも感じさせないみごとな司会ぶりだった。ところが応援合戦の時間帯に、いまの紅白歌合戦では考えられないことだが、次に歌う歌手が一人もいないと知らされたときには、圭三さんもトットも冷や汗を流した！

ステージには、白組の応援にやってきた白虎隊《びゃっこたい》の扮装《ふんそう》をした人たちがいた。時間を稼《かせ》がなくては！　お供の犬がステージにいるのを発見したトットは、圭三さんの司会に割りこんでその犬に近づくと、鼻面《はなづら》にマイクを向けた。

「あなたはメスですか、オスですか？」

犬は怪訝《けげん》そうな表情だった。

「メスだったら紅組を応援してくれますか？」

と続けたら、会場がドッとわいてくれた。

いつまでも続く拍手《はくしゅ》の中から「女、来ました！」の声が聞こえてきたときは、さすがに、ほっとした。

「犬に性別を聞くなんて、おまえ、度胸あるなあ」

超《ちょう》バタバタの生放送が終わると、NHKの芸能局長からそう言われた。

それ以来、紅白歌合戦の司会は、平成二十七年の第六十六回大会までに計六回務めたことになる。一回目の司会は、なにもかもがゴタゴタだったけど、紅組の勝利で終わった。トットはこのときの経験を糧《かて》にして、二回目以降の司会では、出場歌手のみなさんへの応援を心がけるようにした。

初出場の中森明菜《なかもりあきな》さんが、ガチガチに硬《かた》くなって『禁区《きんく》』を歌うのを聴《き》きながら、歌い終わったら絶対に元気づけてあげたいと思っていた。最後まで歌い切った中森さんの肩《かた》を抱《だ》いて、「膝が痛いのに、我慢《がまん》して歌ってくださって」と感謝の気持ちを伝えたときの、中森さんの照れたような笑顔《えがお》が忘れられない。

衣装《いしょう》に懸《か》ける歌手のみなさんの思いを知っていたから、歌を紹介するときに衣装のことにも触《ふ》れられたらいいなと思い、紅組の歌手全員の衣装の取材をしたこともある。島倉千代子さんが『この世《よ》の花《はな》』を歌ったときには、こんなふうに紹介した。

「二十七年前の大ヒット曲、今日はじめて紅白で歌います。着物にもご注目ください。元禄時《げんろくじ》代《だい》の職人さんの生活が、漆《うるし》や金糸銀糸の縫《ぬ》い取《と》りで表現されています。『この世の花』。島倉千代子さんです」

すると、裾《すそ》に施《ほどこ》された豪華《ごうか》な刺繍《ししゅう》をカメラさんがアップにしてくれて、無言の連携《れんけい》プレーが決まった。

こんな冒険《ぼうけん》もした。

もしも紅白歌合戦のステージで手話を使えたら。トットが手話を話して、それを子どもたちが見てくれて、耳の聞こえない人たちは手でしゃべることを知ってもらえたら、どんなに素敵《すてき》なことだろう。そう考えるようになったトットは、紅白で手話を話すチャンスを狙《ねら》っていた。

トットは「アメリカろう者劇団《しゃげきだん》」を日本に招聘《しょうへい》して、アメリカ手話を日本手話に訳しながら、いっしょに芝居《しばい》をしたことがあった。そのときの経験から、もっと大きな番組で手話を使えたらと思うようになったのだ。だけど、テレビで手話を話すには、トットだけが大写しになり、しかも、両手が使えるように、ハンドマイクではなくスタンドマイクの前に立っていなければならないし、そういう場面は都合よく訪《おとず》れるものではなかった。

ところが、昭和五十五年の紅白でのこと。リハーサルのときに、三時間近い生放送中に一度だけ、そのタイミングがやってくることを知った。トットは、全日本《ぜんにほん》ろうあ連盟《れんめい》の方から習った手話のセリフを用意した。幸運なことに、そのタイミングのカメラマンさんは、昔からよく知っている方だった。トットはカメラマンさんに、「やるからお願いね」と耳打ちをして本番に臨《のぞ》んだ。

白組のさだまさしさんが歌い終わると、トットはスタンドマイクの前に立ち、手のひらを胸の前であわせた。

「今日はいろいろなところで、いろいろなみなさんが観《み》てくださってると思います。ふるさとを離《はな》れて、そして家族と離れて、一人ぼっちで観てくださっている方もいらっしゃると思います。でも、歌手のみなさんはみんな一生懸命《いっしょうけんめい》に歌います。どうぞ最後まで、一生懸命応援してください！」

トットは言葉と手話でそう話した。

三十秒足らずの短い時間だった。でもそれは、紅白歌合戦ではじめて聴覚《ちょうかく》障害を持っているみなさんに、言葉のメッセージを届けることができた瞬間《しゅんかん》だった。ＮＨＫには、全国の視聴者から「とてもよかった」という声が届いたと聞いた。

令和四年の紅白歌合戦に、トットは審査員として出場した。この仕事を始めて七十年も経《た》つというのに、ハンドマイクのつもりでペンライトを握《にぎ》りしめて、そこに向かって話をするという失態を演じた。だけどそのとき、となりに座《すわ》っていたフィギュアスケーターの羽生結弦《はにゅうゆづる》さんは、トットにさりげなくマイクを渡《わた》してくれた。司会の櫻井翔《さくらいしょう》さんも「間違《まち》いがちです。僕《ぼく》もよくやります、それ」と助け船を出してくれた。観客のみなさんにも大ウケだった。笑いに包まれたＮＨＫホールで、トットはとても温かい気持ちになった。自分の失敗を棚《たな》に上げて、紅白って素敵だなあと思った。

トットを育んでくれた紅白歌合戦には、いつまでも続いてほしいと願っている。

死ぬまで病気をしない方法

目がまわる忙《いそが》しさというのは、ああいうことをいうんだと思う。テレビもラジオも、週に何本もレギュラーがあって、毎日違《ちが》う台本を覚えて、リハーサルをやって本番を迎《むか》えて、その合間に打ち合わせもあって……。帰宅はかならず深夜のタクシーで、ベッドに横になるのは三時間もあればいいほうだった。でも、なんといっても若かったので、こんなものなのかなと思い、無我夢中《むがむちゅう》で過ごしていた。

皇太子殿下《こうたいしでんか》（当時）と美智子《みちこ》さまのご成婚《せいこん》のころだった。ドラマの生放送中に突然《とつぜん》耳鳴りがした。「キーン」という音がどんどん大きくなって、相手のセリフが聞こえない。次の日も同じだった。トットは顔なじみの院長先生に電話をかけて、容態を説明した。

「このまま働き続けたら、死ぬよ」

先生はそう言った。

その言葉に飛び上がったトットは、時間を作って病院に駆《か》けつけた。先生は「極度の過労です。すぐに入院しなさい」と言ったので、トットはＮＨＫに戻《もど》るとディレクターさんたちに、「入院するので休ませてください」とお願いしてまわった。でも、仕事の予定を急に変更《へんこう》するのはむずかしくて、「そんなの困るよ」とか「ほかの番組は休んでいいけど、これだけはやってよ」などと言われるばかり。

トットもそう言われると悪い気はしなくて、「私がいなくなったらＮＨＫはつぶれちゃう？」なんて冗談《じょうだん》を言いながら、ずるずると仕事を続けた。トットはそれまで、健康に不安を感じたことなんか一度もなくて、耳鳴りぐらいたいしたことはないと高をくくっていた。

でもしばらくすると、耳鳴りがひどくなった。ある朝起きると、両足の膝《ひざ》から下に、いくつもの直径五センチぐらいの、まっ赤な花が咲《さ》いたような模様ができていた。ママを大声で呼んでも、ママにしては珍《めずら》しく「すぐに病院に行ってちょうだい」とオロオロするばかり。「死ぬよ」を思い出した。

大あわてで病院に駆《か》けつけ、先生に診《み》てもらった。

過労はいろんな症状《しょうじょう》になって現れるそうだけど、トットの場合は、耳鳴りとまっ赤な花だった。睡眠《すいみん》不足などがたたって、足の毛細血管がもろくなってしまったらしい。

「仕事を休んで、ちゃんと入院して治療《ちりょう》しないと治らないよ」

先生の言うとおり、一ヵ月間入院することに決めた。そう決めたのはいいけど、ディレクターさんたちの顔が頭に浮《う》かんだ。レギュラー番組に穴を開けるわけにはいかないし、どういう返事が来るのか想像もつかない。でもこのときは、トットが強くお願いすると、ディレクターさんたちも「体が資本だから、治療に専念してください」と言ってくれた。

入院中に、自分が出演していた『お父《とう》さんの季節《きせつ》』を観《み》たときは、なんともいえない気持ちになった。この生放送のテレビドラマで、トットは渥美清《あつみきよし》さんが演じるコックさんの奥《おく》さん役だった。お店に常連さんがやってきて、「あれ、奥さんは？」と聞かれた渥美さんは、「ちょっと実家に帰ってます」と答えていた。

そうかあ。「実家に帰ってます」の一言でかたづけられちゃうんだ。トットが睡眠時間を削《けず》って演じてきた役は、その程度のものなんだ。これで死んだら「実家に帰って死にました」になっちゃうんだ……。

司会をしていた番組は、もっと悲しかった。トットの代わりの人が、「黒柳さんは病気のため休んでいますが、一ヵ月経《た》ったら出てきます。それまで私が代わりを務めます」ぐらいのことを言ってくれたら、トットだって病室で少しはほっとできたんだけど、トットのことはなにも言わず、「こんにちは」でいきなり番組が始まった。

「うそっ！　病院でしっかり疲《つか》れを取って、絶対にまたあの場所に戻ろう！」

復帰への情熱がわいた。

仕事の現場は、非情とまでは言わないけど、やっぱりどこかで温情を切り捨てなければならないものなんだと思う。大勢の人が関わる現場ならなおさら。入院していた一ヵ月間に、トットはそのことを思い知らされた。

退院するとき、トットは先生に質問をした。

「死ぬまで病気をしない方法はありますか?」

するとと先生はこう言った。

「それは珍しい質問だね。これまでそんなことを聞いた人はだれもいなかった。でも、方法が一つだけあります。それは、自分の好きなことだけやって生きていくことです」

トットは、そんなことなら簡単だと思って、頭に浮かぶ楽しいことを次々と口にした。

「明日はお芝居《しばい》を観て、あさってはおいしいレストラン。その次の日は映画館に行って、その次の日はデパートに行って……」

「だれが遊んでいなさいと言いましたか。自分の好きなことだけをやってくださいと言ったのは、自分から進んでやりたいと思う仕事だけをやってくださいという意味です。そうしていれば、人は病気になりません。いやだな、いやだなと思っていると、いやだながたまって病気になるのです」

当時はまだ「ストレス」という言葉は一般的《いっぱんてき》ではなかった。先生は、仕事でストレスをためないことが大事だと言いたかったに違いない。トットは「わかりました」と答えた。

それからいまに至るまで、自分がいやだなと思う仕事は引き受けないようにして、進んで取り組める仕事だけをやってきた。もちろん、テレビの仕事もお芝居の仕事も、楽しいからこそずっと続けている。

退院の日を迎えた。ＮＨＫの人たちに「退院しました」と報告すると、すべての現場から「すぐに帰ってきてください」と言われた。「もう、君の戻る場所はないよ」という現場は一つもなかった。

兄ちゃん

昭和三十年代の後半、仕事はすこぶる順調だった。

トットが出演していた番組のいくつかを紹介《しょうかい》すると、『ブーフーウー』は、テレビ初のぬいぐるみ人形劇として、昭和三十五年九月から四十二年三月まで六年以上にわたって放送された。これも飯沢先生の作品で、三匹《びき》の子ブタのきょうだいが主人公だ。ブツブツ屋のブー、くたびれ屋のフー、がんばり屋のウーの中で、トットはいちばん下のウーの声を担当した。

昭和三十六年四月から放送された『魔法《まほう》のじゅうたん』は、ヘリコプターからの空撮《くうさつ》や映像を合成する技術などを駆使《くし》した、子ども向けの番組だ。「アブラカダブラ！」の呪文《じゅもん》とともに、アラビアふうの衣装《いしょう》をまとったトットと、ターバンを巻いた二人の小学生を乗せた魔法のじゅうたんが、その子たちが通っている小学校の上空を飛ぶのが好評だった。

校庭の小学生たちは人文字を描《えが》いて歓迎《かんげい》してくれたし、子どもたちに大評判の番組だったけど、ヘリコプターは東京オリンピックの中継《ちゅうけい》に必要だからと使えなくなってしまい、番組も終了《しゅうりょう》になった。三年以上続いた人気番組で、いまでもときどき「じゅうたんに乗せてもらった小学生です」と、風貌《ふうぼう》のすっかり変わったおじさんから声をかけられることがある。

大人向けの番組にもたくさん出るようになり、昭和三十六年四月から始まった二つの新番組に、トットはレギュラー出演した。

『夢《ゆめ》であいましょう』は、土曜の夜十時から放送され、五年間続いた伝説の音楽バラエティ番組。『若《わか》い季節《きせつ》』は、銀座のプランタンという化粧品《けしょうひん》会社で働く若者たちを描くコメディドラマで、いまは大河ドラマの指定席になっている日曜夜八時からの時間帯に放送されていた。ハナ肇《はじめ》とクレイジーキャッツも坂本九《さかもときゅう》ちゃんも、みんな出演していて、「四十五人のスターが出ている番組」なんて言われた。

『夢であいましょう』も『若い季節』も生放送。台本が上がるのが二日前で、セリフを覚えてリハーサルをしてと、いまでは絶対にありえない超《ちょう》ハードスケジュールだったから、何年も眠《ねむ》れない週末が続いた。でも、多くの俳優さんと共演できて、とても勉強になった。

いまでも思い出すのは、『若い季節』の台本が遅《おそ》かったことだ。そのうち、放送当日にならないと、台本ができなくなった。台本を印刷する時間もなくなり、全出演者にコピーが渡《わた》された。当時のコピーはいまと違《ちが》ってうす紫色《むらさきいろ》で、ビショビショで、手に取るとお酢《す》のにおいがした。何冊も重ねて置いてある机の下は、水滴《すいてき》が落ちて水たまりになっていた。

渥美清さんとの出会いは、昭和三十五年、テレビドラマ『お父さんの季節』のスタジオだった。「エノケン」こと榎本健一《えのもとけんいち》さんが主役を演じる、『若い季節』の前身のようなドラマで、渥美さんは、トットのお見合い相手として途中《とちゅう》から加わった。

渥美さんは、浅草《あさくさ》のフランス座《ざ》というストリップ劇場で、コメディアンとしての腕《うで》をみがいた一流の芸人さんだ。フランス座には、東八郎《あずまはちろう》さんや関敬六《せきけいろく》さんをはじめ、のちに第一線で活躍《かつやく》するコメディアンたちが在籍《ざいせき》していたし、コント作家として井上《いのうえ》ひさしさんが出入りしていた。

「浅草の演芸場で、座長を務めていた方ですよ」

ＮＨＫの人に紹介《しょうかい》された。

「黒柳徹子です。ごきげんよう」

そう挨拶《あいさつ》すると、渥美さんは小さな目の奥《おく》で黒目をシュッと動かした。うわあ、なんて目つきが悪い人なんだろう。それが、トットの渥美さんに対する第一印象だった。肩《かた》をいからせて、「どうも」と挨拶した渥美さんは、そこにいる人たち全員を警戒《けいかい》しているように見えた。

渥美さんはとても声がよかった。さっきまであんなにピリピリしていたのに、いざ稽古《けいこ》が始まると、トットがお見合いして結婚《けっこん》する相手の役にぴったりな気がしてきた。本番が終わるとまたブスッとなってしまったけど、一週間に一回リハーサルと本番があるので、そのうち慣れるだろうと、トットは呑気《のんき》にかまえることにした。

初対面から何週間かが過ぎた打ち合わせのとき。トットがなにか言ったら、渥美さんは急に椅子《いす》から立ち上がると、

「なんだこのアマ！」

と凄《すご》みをきかせた声で言った。「アマ」という言葉を聞くのははじめてだったので、意地悪でも皮肉でもなく、素直《すなお》な気持ちで「アマとおっしゃると？」と聞き返した。

すると渥美さんは、

「ああ、ヤダヤダ。この手の女は本当にいやだねえ」

と言って、椅子に座《すわ》りなおした。

浅草で苦労しながら力をつけてきた渥美さんにとって、ミッション系の女学校から音楽学校に進んで、ＮＨＫ劇団に所属しているトットは、苦労知らずの温室育ちに見えたのだろう。

渥美さん自身も、まだＮＨＫの雰囲気《ふんいき》に慣れていなかったから、音響《おんきょう》のスタッフさんから「マイクがこわれちゃうから、もう少し小さい声で」と注意されたときは、「浅草じゃ、どれだけ声が通るかが勝負だったのに」と言って悔《くや》しそうにしていた。そんな渥美さんを見ていて、トットはいいことを思いついた。次の収録までに大好きな本を一冊買って、それをプレゼントすることにした。

「ねえ、ほら、世の中にはこんなきれいな物語があるのよ。この野郎《やろう》なんて叫《さけ》んでないで、こういう本を読んでごらんなさいな」

サン＝テグジュペリの『星《ほし》の王子《おうじ》さま』を差し出すと、渥美さんは、灰色の星の上に金髪《きんぱつ》の少年が立っている絵が描《えが》かれた表紙を、怪訝《けげん》そうに見つめた。それから、おずおずとその本を手に取ると、「ありがとうよ」と照れくさそうにその場をあとにした。


渥美さんと、いろんな話をするようになった。浅草のこと、映画のこと、NHKのこと、それから、いつもみんなで行く中華《ちゅうか》のお店のこととか。

渥美さんの話はとても興味深くて、いつの間にか渥美さんは、トットのことを「お嬢《じょう》さん」と呼び、トットは渥美さんのことを「兄ちゃん」と呼ぶなかよしになっていった。

トットに打ち解けてくれるようになった兄ちゃんは、こんな話もしてくれた。

「腕《うで》の立つ奴《やつ》っていうのは、たった一人でなんでもないことをしゃべって、四十分でも五十分でも持たしちゃうんだよ。舞台《ぶたい》のいちばん前に腰《こし》かけて、ボロボロの新聞を抱《かか》えているおじさんに、どっから来たのなんて話しかけるところから、ワーッと持っていって持たしちゃう。そういうのが銭《ぜに》を取れるいい役者、達者な役者だとみんなが信じていて、そうなろうと努めてた悲しさみたいなものがあったね。台本作者が書いたホンを理解する前に、まず、どう自分を出そうかって、みんな考えてたよ。一日三回興行があって、正月は日に六、七回。初日から三日くらいはマトモにやるけど、そのうち、どんな役でもババアのカツラで出ていったりする。それを、あいつはデタラメだなあって笑い転げるんだね、客は」

はじめて聞く話だった。

兄ちゃんとは、『夢であいましょう』や『若い季節』でも共演した。その後の兄ちゃんの活《かつ》躍《やく》ぶりは、説明するまでもないだろう。「寅《とら》さん」だ。兄ちゃんが言う「腕の立つ奴」とは、渥美清のことに違いなかった。

文学座に通いながら

現場を踏《ふ》めば踏むほど、トットの気持ちは揺《ゆ》らぐようになった。

たくさんの番組に出演してはいるものの、本格的な役者修業《しゅぎょう》をしていないことを、コンプレックスのように感じはじめていた。NHKに合格したときも、養成時代も、女優になりたいと考えたことはなかったけど、このころになると、女優という職業を強く意識している自分がいた。兄ちゃんとなかよくなって、いろんな話を聞くにつけ、トットにもどこかで修業をする時間が必要なのではと思うようになっていた。

見る人が見たら、トットのことを、もの足りないと思うだろう。いつまで経《た》ってもお嬢《じょう》さんみたいな芝居《しばい》で、まずはそれをなんとかしなければならない。NHKのような大きな組織の中にいると、ダメでも「いいよ、いいよ」と言ってもらえるけど、独立してやっている役者さんは、やってダメなら「もう、いいよ」となってしまう。きびしさがまるで違《ちが》った。

「コンプレックスを克服《こくふく》して、女優としての武器を身につけたい」

トットは強くそう思った。

NHKの養成時代に文学座の舞台《ぶたい》を観《み》たことがある。そのとき、「目の前で人間が生き生きと動く舞台っておもしろい」という感想文を書いたことを思い出し、文学座の芝居を観にいくことにした。飯沢先生が作・演出を手がける『二号《にごう》』という作品だった。

文学座の大看板、杉村春子《すぎむらはるこ》先生の芝居を積極的に観るようになった。舞台経験が豊富な役者さんがすごく上手なお芝居をなさるのは、テレビのスタジオでも思い知らされていたけど、舞台の役者さんは全身で演じるのがテレビとのいちばんの違いだと、あらためて実感した。

「どこかの劇団に入ってきちんと勉強したら、演技が上達するかもしれない」

そう考えたトットは、杉村先生に相談することにした。

「私、文学座に入りたいんですけど」

トットが切り出すと、先生はこうおっしゃった。

「ぜひいらっしゃいよ。私が一言言えば、だれにもなにも言わせないから」

杉村先生は、女優さんにきびしく接することで有名だった。トットが気やすいおつきあいをさせていただけたのは、トットが杉村先生から女優として認識《にんしき》されていなかったからかもしれない。そのことはわかっていたけど、それでもトットは、「先生は西洋ものの翻訳劇《ほんやくげき》を私にやらせたいと思うかもしれない」なんて考えながら、大船に乗った気持ちで返事を待っていた。

ところが、杉村先生からの返事はちょっぴり期待外れの内容だった。

「劇団の理事会で、黒柳徹子さんを文学座にと推薦《すいせん》したら、一人だけ、ちょっと反対した人がいたの。あなたが入ると文学座の中がゴチャゴチャになるって。でも、ちょうど文学座に演劇研究所ができたところなので、徹子さんはそこにお入りになって」

トットは、NHKの仕事の合間を縫《ぬ》って、信濃町《しなのまち》の文学座附属《ふぞく》演劇研究所に通うことになった。江守徹《えもりとおる》さんと同級生で、江守さんは当時まだ十八歳《さい》だった。ところが、翌年一月、文学座の俳優がほとんど脱退《だったい》してしまう騒動《そうどう》が起きた。退団した人たちの多くは、シェイクスピア戯曲《ぎきょく》の翻訳《ほんやく》で有名な福田恆存《ふくだつねあり》さんが中心になって結成した「劇団雲《げきだんくも》」の所属になった。

女優の数が少なくなったこともあってか、演出家の戌井市郎《いぬいいちろう》さんから「演劇研究所ではなく文学座に入りませんか」と言われたけど、そのときは、共演したいと思っていた俳優さんたちはみな新しい劇団に行ってしまったし、『夢であいましょう』や『若い季節』など、おもしろいと思える仕事をたくさん抱《かか》えていたので、トットは「これから先、どこかの劇団に入るとしたら、文学座に入れていただきます」と戌井さんに答えた。そしてトットは研究生のまま、芝居の勉強を続けることにした。

ある金曜日のスケジュールはこんな具合だった。

十時半〜十四時　信濃町の文学座附属演劇研究所
十四時〜十六時　青山《あおやま》の国際《こくさい》ラジオ・センターで『ブーフーウー』の録音
十九時〜二十一時　田村町《たむらちょう》のＮＨＫ本館で『若い季節』の稽古《けいこ》
二十時〜二十二時　同時に行われる『魔法のじゅうたん』の稽古にも走っていく
二十二時〜翌二時　日比谷公園内のＮＨＫスタジオで『夢であいましょう』の稽古

相変わらず「死ぬよ」と言われそうな忙《いそが》しさだったけど、死なないですんだのは、どれも自分の好きな仕事だったからだと思う。

文学座に通いはじめた年から、ＮＨＫ以外の仕事もするようになった。

最初の仕事はコマーシャルで、ＮＨＫの専属なのにコマーシャルに出演するというのはどんなもんだろうと思って、芸能局長のところに許可をもらいにいった。

「テレビコマーシャルをやりたいと思うんですが、どうでしょう？」

そうトットが言うと、なにかの書類に目を通していた局長はバッと顔を上げ、黒目をギロリとトットに向けた。

「ゼニ、くれんのかい？」

NHKの偉《えら》い人たちは、お金のことをなぜか「ゼニ」と言った。トットが「くれます」と答えると、

「じゃ、やれよ。それで興味を持ってもらえれば、NHKも観てくれることになるから」

わりと簡単にOKが出て、トットはCMにも出られるようになった。

TBSのスタジオだったと記憶《きおく》している。なにかのラジオドラマに出演したとき、脚本家《きゃくほんか》の向田邦子《むこうだくにこ》さんとお目にかかった。遅れている次の回の脚本を、スタジオのガラスの向こうで書いていて、きれいな人だなあと思ったのが向田さんとの出会いだった。向田さんはTBSのラジオドラマ『森繁《もりしげ》の重役読本《じゅうやくどくほん》』の脚本で、注目を浴びはじめたところだった。

東京オリンピックが終わったころ、女優の加藤治子《かとうはるこ》さんに「遊びにいかない」と誘《さそ》われて、向田邦子さんのマンションを訪ねた。治子さんは数多くの向田作品に出演している。

向田さんは「霞町《かすみちょう》マンション」に暮らしていた。霞町はいまの西麻布《にしあざぶ》。木造モルタル三階建ての二階「B－2」が、向田さんのお部屋だ。そんなに広くはないけど、仕事机の横にソファーがあって、シャム猫《ねこ》がいて、おなかがすくとキッチンに立って、冷蔵庫のありものでパパッと料理を作る。そんな向田さんの暮らしぶりは、まだ親元から通っているトットには、なん

とも自由で颯爽《さっそう》として見えた。

　トットは向田さんの部屋に入りびたるようになった。当時、世田谷で家族と暮らしていたトットにとって、渋谷《しぶや》のＮＨＫと、赤坂《あかさか》のＴＢＳと、六本木《ろっぽんぎ》のＮＥＴ（いまのテレビ朝日）のちょうどまん中ぐらいにあって、時間ができたときに行きやすかったというのもあったし、向田さんといっしょだと、なんだかとても居心地《いごこち》がよかった。

　二人とも、黙《だま》って自分の仕事をしていることが多かった。トットが寝転《ねころ》がって台本を読んでいるとなりで、向田さんはせっせと、なにかの原稿《げんこう》を書いていた。向田さんは原稿が遅《おそ》くて有名だったけど、「あまり早く渡《わた》すと役者さんが考えすぎちゃうから、ぎりぎりまで考えて、パッと書くのがいいのよ」なんて言い訳をしていた。霞町は当時からおしゃれな感じの町だったけど、「女も場所によって仕事が来るの」は名言だと思った。

　トットは、向田さんの存在にあまえていた。いつもとなりに向田さんがいたからこそ、あの忙しい日々を走り続けることができたと思っている。

　向田さんが飛行機事故で亡《な》くなってから知ったことがある。トットが向田さんのアパートに足しげく通っていた時期は、カメラマンの恋人《こいびと》が亡くなった直後だったそうだ。なんで「いつでも来ていいわよ」と言ってくれたのかと思っていたけど、トットとのたわいないおしゃべりが、向田さんの気晴らしになっていたらしいとわかった。おたがいの恋人のことは、一度も話したことはなかった。

出発《しゅっぱつ》のうた

トットは、NHKの専属から離《はな》れる決心をした。

『お父さんの季節』のときから長いおつきあいがある森光子《もりみつこ》さんに、「どなたか、いいマネジャーさんをご存じありませんか」と相談した。すると森さんは、「じゃあ、うちにいらっしゃいよ」と誘《さそ》ってくださり、森さんの所属する吉田名保美《よしだなおみ》事務所にお世話になることになった。

仕事は順調だった。

舞台《ぶたい》の仕事が多くなり、昭和四十五年の帝国劇場《ていこくげきじょう》お正月公演で、『スカーレット　風《かぜ》と共《とも》に去《さ》りぬ』というブロードウェイミュージカルに出演した。演出と振《ふ》り付《つ》けは、ブロードウェイで『ノー・ストリングス』などの大ヒットミュージカルを手がけてきた、ジョー・レイトンさん。ジョーの奥《おく》さんはエヴリンといって、ブロードウェイで評判の女優さんだったけど、夫の仕事を助けるほうがいいからと、女優業を引退していた。ジョーのエヴリンへの信頼《しんらい》は篤《あつ》く、彼女《かのじょ》の意見はジョーの演出に大きな影響《えいきょう》を与《あた》えていた。

エヴリンは、稽古場《けいこば》でジョーといっしょになると、となりに座《すわ》って煙草《たばこ》を吸う。一言も話さず、なにをするでもなく黙《だま》って見ている。ところが、稽古が終わると、近くのお店で食事をしながら、その日のダメ出しをジョーにする。はじめから終わりまで、すべて。ジョーは言われたままをすべてノートして、次の日の稽古に臨む。家で料理は作らないとエヴリンは言っていた。ジョーはエヴリンに一度も反発したことがなかった。こういう夫婦もあるのだと、トットは感動した。

トットは、エヴリンとなかよくなった。あるとき、トットはエヴリンに「仕事をしばらく休もうと思っているの」と打ち明け、それまで日本の仕事で感じていた不安やコンプレックスを吐露《とろ》した。すると、すかさずエヴリンは言った。

「じゃあ、ニューヨークで演劇の学校に通ったらいいわ。なんといっても、メリー・ターサイ演劇学校ね。ブロードウェイで、メリー以上の先生はいないから。プロだけを教えるのよ」

海外で暮らしたいと考えたことはあったけど、海外で演劇を学ぶという発想はなかった。でも、エヴリンも忙《いそが》しいし、公演が終わってニューヨークに帰れば、この話はきっと忘れてしまうだろうなと思っていた。ところが、なんとエヴリン推薦《すいせん》のメリー・ターサイ先生から、水色のエアメールが届いた。

「親愛なるテツコ。私はまだ東洋人の俳優を教えたことはありません。でも、エヴリンが、あなたは才能のある女優で、ニューヨークで演技の勉強をしたがっているというので、教えてみたいと思っています。いつこちらへ来るのですか？　私のクラスは、秋から次の夏のはじめまでが、いちおうの区切りになっています。メリー・ターサイ」

このエアメールが、トットの背中を押《お》してくれた。手紙を受け取った数日後、トットは思い切って、マネジャーの吉田さんに「一、二年、休みたいと思うんだけど」と伝えた。

仕事だけ見れば、「いまが最高なのに、どうして?」と思えるような時期だった。「帰ってきて、仕事がなかったらどうするの?」と心配してくださる方もいた。でもトットは、一年や二年、日本を離《はな》れたぐらいで忘れられるようなら、そのときは自分の実力不足を認めてあきらめようと、腹をくくることにした。

心強かったのは、吉田さんが「どうぞ、休んでらっしゃい!」と言ってくれたことだ。吉田さんは、ずいぶん先まで入っていたトットの仕事を整理してくれた。そして、二人だけの秘密ということにして、準備に取りかかってくれた。

心残りがあるとすれば、NHKの朝の連続テレビ小説『繭子《まゆこ》ひとり』(昭和四十六年四月~四十七年四月)を、途中《とちゅう》で辞《や》めることだった。NHKには、その年の十月から、演技の勉強のためにニューヨークに行くと伝えていた。当時の朝ドラは、いまと違《ちが》って一年間の放送なので、半分だけ出る約束だった。

両親と離れて育った主人公の繭子が、ふるさとの青森から上京して、自分を捨てた母を捜《さが》し歩くというストーリーで、繭子の下宿先で家政婦をしている田口《たぐち》ケイがトットの役どころ。そのおケイさんは、「船員だった夫に先立たれ、缶詰《かんづめ》工場で働きながら小学五年生の息子《むすこ》と老いた母親を養ってきたが、少しでも給料が上がるならと上京して家政婦になった中年女性」という人物設定だったけど、おケイさんが青森県八戸《はちのへ》の出身と聞いたときには、びっくりしたと同時にやる気がわいてきた。

疎開《そかい》のときにお世話になった青森に、恩返しができるかもしれない。方言はきっとだいじょうぶだけど、これまでテレビで演じてきたのは都会のお嬢《じょう》さんみたいな役柄《やくがら》が多かったから、おケイさんの役作りはなにか工夫《くふう》をしたかった。

まずはじめに、身なりにかまわない人にしようと考えた。「かまわない」というより、生活が忙しくて「かまえない」というのが、本当のところだろう。身なりへの無頓着《むとんちゃく》さを表現するのなら、なんといっても髪型《かみがた》だ。NHKの床山《とこやま》さんに、短い髪にパーマネントをかけっぱなしの洗いっぱなしというカツラをお願いした。額が極端《きょくたん》に狭《せま》く見えるように深くかぶり、牛乳瓶《ぎゅうにゅうびん》の底みたいな度の強い眼鏡《めがね》をかけて、紫《むらさき》に近い赤いほっぺたにメイキャップをしたら、首から上のイメージができあがった。

顔ができあがると次は着るもの。少し時代遅れの感じがする服を探してきてもらって、綿で作った肉を着こんだら、まさに「かまわない」外見になった。おなかの肉をつまむと、たっぷり東京の電話帳ぐらいの厚さだった。鏡の前に立つと、みごとなまでにトットの面影《おもかげ》は消え去っていた。

はじめての収録日、衣装《いしょう》とヘアメイクを終えても、まだ少し時間があったので、その格好でNHKの食堂に行ってみることにした。ちょうどいいことに『繭子ひとり』のディレクターさんのとなりの席が空いている。

「おはようございます」

そう言いながら座《すわ》ると、ディレクターさんはチラリとトットを見て、「はあ」と適当な相槌《あいづち》を打ち、すぐに同席している杉良太郎《すぎりょうたろう》さんとの話に戻《もど》った。杉さんも『繭子ひとり』に出演していた。

「もしもし」

トットがもう一度声をかけても、ディレクターさんは困ったような顔をするばかり。そうか。この格好だと、トットのことがわからないんだ。状況《じょうきょう》がやっとのみこめた。

「私、黒柳よ」

と大きな声で言ってみた。すると、ディレクターさんは目を見開いてトットの顔を見つめ、

「本当だ!」

鳩《はと》が豆鉄砲《まめでっぽう》を食らったような顔という言い方があるけど、まさにそんな表情で「まったくわからなかった」と言ってくれた。

収録開始から放送が始まるまでの二ヵ月間に、いろんな体験をさせてもらった。トットがおケイさんの身なりのままNHKの中を歩いていると、みんなはまだトットの扮装《ふんそう》だと知らないので、行く先々で「場違いなおばさん」という扱《あつか》いを受けた。廊下《ろうか》で挨拶《あいさつ》をしても、無視さ

れる。食堂でコーヒーを頼《たの》んでも、いつもなら、にこやかな笑顔《えがお》で迎《むか》えてくれるウエイトレスさんなのに、黙《だま》ったままガチャンと置く。トイレに並んでも、あとから来た若い女の子が順番を無視して先に入ってしまう。動作が遅《おそ》くて、要領の悪いおばさんがいると、人は追《お》い越《こ》したくなるものらしい。

トットは、とても悲しくなった。役を通して別の人生を見ることはよくあるけど、これほど強烈《きょうれつ》な経験ははじめてだった。

『繭子ひとり』は大評判になった。四月からの放送開始とともに、「黒柳さんはどこに出ているんですか?」という問いあわせがＮＨＫに殺到《さっとう》したそうだ。変身がうまくいった! ニューヨーク留学のため、田口ケイの出番は半年だけという約束だったけど、ＮＨＫとしては最終回まで出てほしいと考えるようになった。だけどそうなると、次の年も日本にいることになり、その後も日本の仕事が入るに決まっている。やっぱり十月までで辞めようと決めた。トットは出発ぎりぎりまで出演を続け、「田口ケイは、ニューヨークのあるお家《うち》の家政婦になるためにアメリカへ渡《わた》る」ということになった。

ニューヨーク留学をママに打ち明けたときは、大きな目を輝《かがや》かせて、「いいじゃない。行くならいまのうちよ」とはげましてくれた。六本木のケーキ屋さんのお姉さんは、「徹子さんをテレビで観《み》られないなんて、とてもさびしくなります」と言ってくれた。トットは、十八年間やってきたことは無駄《むだ》じゃなかったと思った。あの日、ＮＨＫの食堂でトットに気づかなかったディレクターさんも、「徹子さんにとって必要なことなんだと思う。きっとおもしろいものを、持って帰ることでしょう」と言って、快く送り出してくれた。

昭和四十六年十月、出発の日。


「気をつけて」

パパは玄関《げんかん》でそう言った。もしかしたら、少しさびしかったのかもしれない。

「ノンビリね」

妹の眞理《まり》は、笑顔《えがお》で手を振《ふ》ってくれた。


トットは、それまでの十八年間ずっと、朝起きるとその日のスケジュールが分刻みで決まっている日々を過ごしてきた。「今日はなにをしようかな?」なんて思う朝を迎《むか》えたことは一日もなかった。仕事にも仲間にもとても恵《めぐ》まれていたけど、正直、多少くたびれてもいた。心のどこかで、ぜんぜん違うなにかを吸収したがっていたのかもしれない。創造的で、つねに刺激《しげき》を受けていないとダメな職業なのに、なんだかくり返しの多い、新鮮《しんせん》さのない毎日になっているような気もしていた。

汽車がずっと走ってきたレールから少し外れて、引きこみ線へ入るような時間を持ちたかった。引きこみ線にじっと止まっている汽車は、レールを走っている汽車からすると、置いてきぼりを食っているようにも見える。たしかにさびしかったり心細かったりもするだろうけど、急いで走っているときには気づかなかった景色も、きっと発見できるに違いない。

羽田空港《はねだくうこう》には、吉田さんが見送りにきてくれた。荷物を預けると、搭乗《とうじょう》するまで少し時間があったので、トットたちは空港のラウンジでお茶を飲んだ。

「山岡久乃《やまおかひさの》さんに『留学します』ってお伝えしたら、『行ってらっしゃい。みんな行きたいけど、家族とかがあって行けないのよ。あなたは行けるんだから、私の代わりに行ってきて』と言ってくださった。沢村《さわむら》の母さんは、『行っといで、行っといで。でも二年は長いかもね』ですって」

吉田さんにそう報告した。みんなの親切が、トットはうれしかった。

「本当は、お芝居《しばい》をする人ならだれでも、もっと自由になって、たくさん吸収したいんだってわかったの。わがままを聞いてもらえて、吉田さんには本当に感謝しています」

吉田さんは、おだやかに微笑《ほほえ》みながら聞いてくれた。

飛行機のタラップを上るとき、前の人も後ろの人も、みんなしきりに振《ふ》り返《かえ》って、デッキを見つめていた。そこには、腕《うで》を左右に大きく振っている見送りの人たちがいた。

別れはさびしい。だけど新しい旅立ちには、心を躍《おど》らせてくれるなにかがある。

トットの胸の中から、忘れかけていた歌が聞こえてきた。

おわかれは　かなしいけれど
しゅっぱつは　うれしいな
さよなら　さよなら　たくさんいって
げんきに　げんきに　しゅっぱつだ

それは、『ヤン坊ニン坊トン坊』で三匹《びき》の白ザルたちが、一つの冒険《ぼうけん》を終えて次の旅に向かうとき、トットたち三人がいつもスタジオで歌っていた「出発のうた」だった。

あとがき

こうして書いてみると、人生はおもしろいものだと思う。自分の子どもに、本を上手に読んであげられるお母さんになりたいと思っていたら、いつの間にか、たくさんの子ども番組に出るようになった。だけど、自分の子どもに読んであげることはできなかった。

でも、ユニセフの親善大使に任命されて、世界中の子どもの苦しさを、世界中の人に伝える仕事をするようになった。親のいない、死にかけているアフリカの子どもを抱《だ》いたときは、一人ぼっちで死ぬより、たとえ私にでも抱かれていたほうが、心安らかになれるかもしれないと思った。

ニューヨークから帰ったばかりのころは、ニュース番組の司会をしながら、テレビドラマにも出ていた。ただ、私が酔《よ》っ払《ぱら》いの役をやったとき、スタッフの中に「本当に飲んでるんでしょう?」と勘違《かんちが》いする人がいた。私はお酒は飲まない。でも、いつもそばにいる人が、飲んでると思ったくらいだから、もしドラマで悪女役をやったら、悪い女がニュース番組の司会をしてると思われるかもしれないと考えた。だからテレビドラマはいっさい辞《や》めて、芝居《しばい》は舞台《ぶたい》だけにした。

「私、百歳《さい》まで生きる！」と大騒《おおさわ》ぎをしてたら、小沢昭一《おざわしょういち》さんに「それはいいけど、百歳になったら『ねえ、あのころさ』と話そうとしてもだれもいないよ。さびしいよ」と言われて、ワアワア泣いたことがあったけど、それがいま本当のことになってきた。

兄ちゃんだった渥美清《あつみきよし》さんも、母さんだった沢村貞子《さわむらさだこ》さんも亡《な》くなった。いっしょに老人ホームに入ると固く約束していたお姉ちゃんの山岡久乃《やまおかひさの》さんも、池内淳子《いけうちじゅんこ》さんも先に逝《い》ってしまった。永六輔《えいろくすけ》さんから「かわいそうだねえ。芸能界の家族が、みんないなくなっちゃったね」と言われたこともあったけど、その永さんもいなくなった。

兄ちゃんは、うんと具合が悪かったのに知らなくて、「ごはん食べようよ」と電話したことがある。渥美さん専用の留守電に何度もメッセージを入れて、やっと会うことになった。「なんなの、電話したのに返事くれなくて！　女連れて温泉にでも行ってたの？」私はいつも、そんな言い方をした。渥美さんは大笑いして、帽子《ぼうし》を脱《ぬ》いで、頭の汗《あせ》をハンカチで拭《ふ》いて、それでも大笑いしていた。

「お嬢《じょう》さん、行ってませんよ」

「嘘《うそ》つき。あなたはね、秘密主義者！」

そう言いあいながら、兄ちゃんは、また涙《なみだ》を流して笑った。あとで奥《おく》さまから伺《うかが》ったところによると、そのころは病気がかなり悪くて、家では横になっている姿しか見ていなかったそうだ。それなのに私が軽口ばかり言うもんだから、なんて呑気《のんき》なんだと思ったか、いつもと同じでうれしいと思ったか、とにかく渥美さんが汗を拭きながら笑っている姿が、いまも瞼《まぶた》に浮《う》かぶ。

沢村の母さんの具合が悪かったときは、毎日のようにお見舞《みま》いに行った。そこに山田洋次《やまだようじ》さんから電話があって、「渥美さんが亡《な》くなったと聞きました。お葬式《そうしき》もすませて、これからマスコミに話すそうです。マスコミを通して知る前にお伝えしたいと思って電話しました」と教えてくださった。山田さんの親切がうれしかった。でも、兄ちゃんの死は悲しかった。

最近では、親友だった野際陽子《のぎわようこ》さんが亡《な》くなったのがショックだった。NHKの同窓生で、あちらはアナウンサー、こちらは劇団員で、本当になかよくしていた。お洋服屋さんもいっしょだったし、フランス語もいっしょに習った。ファックスのやりとりもしょっちゅうで、あちらは小石川《こいしかわ》の伝通院《でんづういん》の近くに住んでいたので、ファックスの最後に「伝通院より」と書き、私は「乃木坂《のぎざか》より」と書いた。最近お嬢《じょう》さんにお会いしたら、手が野際さんにそっくりで、涙が出そうなくらい、なつかしかった。

『徹子《てつこ》の部屋《へや》』は今年で四十八年目を迎《むか》えた。小学校を一年生になったばかりで退学になった私にとって、一つの番組を四十八年もやれるのは、とてもありがたいことだけど、その『徹子の部屋』で、私は俳優さんたちに片っぱしから戦争の話を聞いた。いま聞いておかないと、戦時中の俳優さんにどんなことがあったかが、忘れられてしまうと思ったからだ。

　池部良《いけべりょう》さんは映画スターになる前、陸軍少尉《しょうい》として上海《シャンハイ》から南方へ輸送船に乗って移動中に、潜水艦《せんすいかん》の攻撃《こうげき》を受けた。船が撃沈《げきちん》されて、太平洋のまん中を泳いだ。自分より年上の部下が何人もいて、声をかけあいながら泳いでいたら、部下の一人が波間から「上官殿《どの》、刀は持っておりますから」と言って、軍刀を見せた。池部さんは、「海に飛びこんだときに体が沈《しず》むといけないからと、甲板《かんぱん》に残してきた軍刀だったのですが、それを見たら泣けてきて」と話し、「海の中だから涙は見せずにすみましたが」とつけ加えた。

　三波春夫《みなみはるお》さんは、終戦直前の満州《まんしゅう》で体験したソ連軍との戦闘《せんとう》を語ってくれた。トーチカの中から撃《う》った弾《たま》が、ソ連軍の若い兵士に当たった。夜になり、トーチカの中の三波さんたちが静かにしていると、暗闇《くらやみ》の中から聞こえていた「ママ、ママ」と言うソ連兵の声が、だんだん小さくなって、やがて聞こえなくなった。「戦争は反対です」と言う三波さんの言葉には説得力があった。

　淡谷《あわや》のり子《こ》さんが慰問《いもん》で航空隊の基地にいらしたときは、歌う前に上官から「聴《き》いているのはみな特攻隊員《とっこうたいいん》ですから、途中《とちゅう》で失礼するかもしれません」と言われたそうだ。淡谷さんがブルースを歌いはじめると、みんな身を乗り出して聴いていたけど、そのうち、一人の若者が席を立ち、淡谷さんに敬礼をして出ていった。「にっこり笑ってねえ、私に敬礼して、出ていくのよ。涙が流れて歌えなくなった」と話してくれた、淡谷さんのことが忘れられない。

二〇二二年最後の放送のゲストは、例年どおりタモリさんだった。「来年はどんな年になりますかね」という私の質問に、「なんていうかな、(日本は)新しい戦前になるんじゃないですかね」という答えが返ってきたけど、そんなタモリさんの予想が、これからもずっとはずれ続けることを祈《いの》りたい。

『徹子の部屋』の四十八年間は、こういうお話を伺い続けた四十八年間でもあった。私が体験した戦争のことを書き残しておきたいと考えたことが、『続《ぞく》 窓《まど》ぎわのトットちゃん』を書くきっかけの一つだということも、このあとがきに書いておきたかった。

ごく最近、日本芸術院会員にとの知らせがあった。ありがたいことと思った。文化功労者にも選んでいただいたし、勲《くん》三等瑞宝章《とうずいほうしょう》も頂戴《ちょうだい》した。『徹子の部屋』は、あと二年で五十周年になる。以前はよく「五十年が目標」と言っていたけど、最近は百歳まで続けたいと思うようになった。それまで頭もしっかりしていたら、お母さんになれなかったけどまあいいか、と納《なっ》得《とく》するに違いない。

私はそのとき、丈夫《じょうぶ》な体に育ててくれたパパとママに、ありがとうを言うだろう。私を理解してくれる人たちに、心からありがとうを言うだろう。

なんという、楽しみ!

二〇二三年八月　黒柳徹子

黒柳徹子（くろやなぎてつこ）

東京都生まれ。俳優、司会者、エッセイスト。東洋音楽学校（現・東京音楽大学）声学科卒業後、ＮＨＫ専属のテレビ女優第１号として活躍する。『徹子の部屋』（1976年２月〜、テレビ朝日）の放送は１万2000回を超え、同一司会者によるテレビ番組の最多放送世界記録を更新中。1981年に刊行された『窓ぎわのトットちゃん』（講談社）は、国内で800万部、世界で2500万部を超える空前のベストセラーに。1984年よりユニセフ親善大使となり、のべ39ヵ国を訪問し、飢餓、戦争、病気などで苦しむ子どもたちを支える活動を続けている。おもな著書に『トットチャンネル』（新潮文庫）、『チャックより愛をこめて』（文春文庫）、『トットちゃんとトットちゃんたち』（講談社）などがある。

絵　『窓ぎわのトットちゃん』と同じく画家・いわさきちひろの絵を使用しました。
初出一覧／カバー表　立てひざの少年　1970年／**カバー裏**　おもちゃのピアノ『あめのひのおるすばん』（文・岩崎ちひろ、案・武市八十雄、1968年、至光社）／**表紙**　花の精　『新婦人しんぶん』（1973年１月１日、新日本婦人の会）、ふりむく小犬　1973年／**扉**　赤い胸あてズボンの少女　『子どものしあわせ』（1971年７月号、草土文化）／**4ページ**　走る小犬　1973年／**5ページ**　ピアノをひく少女　『家庭の教育２　幼年期』（勝田守一・山住正己・松田道雄著、1966年、岩波書店）／**6ページ**　広野のなかの教会　『愛かぎりなく　デカブリストの妻抄』（ネクラーソフ詩、谷耕平訳、1968年、童心社）／**7ページ**　バラと少女の横顔　『子どものしあわせ』（1968年１月号、草土文化）／**9ページ**　ランドセルをしょって歩く少女　『家庭の教育３　少年期』（勝田守一・山住正己・松田道雄著、1966年、岩波書店）／**65ページ**　ひじをついて寝そべる少女　1968年／**119ページ**　チューリップとセーラー服の少女　『青いりんごのふるさと』（畔柳二美著、1970年、学習研究社）／**181ページ**　花の精　（表紙と同じ）
提供　公益財団法人いわさきちひろ記念事業団
ちひろ美術館・東京　177-0042 東京都練馬区下石神井4-7-2　03-3995-0612
安曇野ちひろ美術館　399-8501 長野県北安曇郡松川村西原3358-24　0261-62-0772

写真　著者の所蔵アルバムより。（213ページを除く）
楽曲　JASRAC 出 2305746-301

本書のご感想をぜひお寄せください

続《ぞく》　窓《まど》ぎわのトットちゃん

2023年10月 3 日　第1刷発行
2023年11月20日　第6刷発行

著者……………………………黒《くろ》 柳《やなぎ》 徹《てつ》 子《こ》
発行者…………………………髙橋明男
発行所…………………………株式会社 講談社
〒112-8001
東京都文京区音羽 2-12-21
電話　(03) 5395-3521　編集（学芸第一出版部）
(03) 5395-4415　販売
(03) 5395-3615　業務
印刷所…………………………株式会社新藤慶昌堂
製本所…………………………大口製本印刷株式会社

N.D.C.914　254p　19cm　ISBN978-4-06-529671-4